「もっと感じてください」

「あ……ぁ」

再び尖りきった乳首を唇に含まれ、濡れた舌になぞられる。

裏切りの愛罪

藤森ちひろ

Chihiro Fujimori

ILLUSTRATION
明神　翼
Tsubasa Myohjin

ARLES NOVELS

この物語はフィクションであり、実在の人物・団体・事件等とは、いっさい関係ありません。

受けて深い藍色に透ける。

ひどく緊張していたせいで、差し出された手を握り返すことさえ思いつかなかった。返事をしなきゃ、と小さな頭で必死に考える。そのときやっと、ポケットの中に入れたものを思い出した。

『……これ、あげる』

三時のおやつに食べた、母のお手製クッキー。彼にもあげようと思って取っておいたのだけれど、ポケットの中に隠したせいで割れてしまっていた。しかも、チョコチップが溶け出し、お世辞にもおいしそうな見かけとは言いがたい。

『あ…あの、ママが作ってくれたんだよ。とってもおいしいの』

小さな手で捧《ささ》げられたクッキーのかけらを見て、彼は一瞬、驚いたような貌《かお》になった。すぐに切れ長の瞳が笑みの形に細められる。

『――ありがとうございます』

クッキーのかけらを摘《つま》むと、彼はポケットに突っ込まれていたそれを、なんのためらいもなく口にした。

割れたクッキーのかけら。ちっぽけな、けれど、子供だった自分が彼に分け与えられる精一杯のものだった。

『本当だ。おいしいですね』

にっこりと微笑んだ彼の瞳は、ひどくやさしかった。

たぶん、この瞬間に彼のことが好きになったのだと思う。

あとで母に、クッキーをポケットに入れてはだめよ、と怒られたけれど。

『お庭で遊ぼう』

恥ずかしがっていたのが嘘《うそ》のように、自分から彼の手を取った。大きくて、あたたかな掌《てのひら》。

『なにをして遊びますか？』

『あっちにブランコがあるの』

池のほとりを指差し、彼を引っ張っていく。

はにかみながら見上げると、彼が微笑んでくれる。応えるように、手をきゅっと握り返された。

父がいて、母がいて——彼がいて。

そんな日々がどんなに幸せだったのか、ぜんぜんわかっていなかった。

いつだって、幸せは失ってから気づくものなのだ。

1

視線が痛い。

エントランスにいあわせた人々の視線が自分に集まるのを感じ、打ち合わせを終えて帰社した、菱川《ひしかわ》諒一は小さく眉《まゆ》を寄せた。空調が効いているのに、首筋のあたりがひんやりとする。

受付嬢と談笑していた社員や、エントランス脇《わき》のラウンジで来客と打ち合わせ中だった社員までもが、諒一に気づいて視線をよこす。

母親譲りのさらりとした栗《くり》色の髪に、白磁の肌。ほっそりとした輪郭に、整った目鼻立ちをした諒一は、花菱《はなびし》グループの御曹司《おんぞうし》という出自もあいまって、どこか貴公子然とした印象がある。

諒一自身は、もう少し父親に似た、男らしい容姿ならよかったのにと思わないでもない。そんな本人の気持ちとは裏腹に、諒一の容姿は人目を惹《ひ》いた。

だが、いま諒一に向けられるのはたんなる好奇心や、憧憬《しょうけい》の視線ではない。疑念と警戒、侮《ぶ》蔑《べつ》、あるいは憤り。さまざまな負の感情に満ちた視線が、容赦なく突き刺さってくる。それでいて、誰一人まともに目を合わせようとしない。

針の莚《むしろ》とは、こういう状態をいうのだろう。

約一ヵ月前までは社長の息子で、いまは容疑者の息子だ。年明け早々、粉飾決算の疑いで検察の強制捜査を受け、父の菱川達明《たつあき》が逮捕されてから、諒一に対する社員の態度は一変した。

株式会社花菱は、化粧品業界で一、二位を争う大手企業として知られている。

諒一の祖父が創業者で、戦後、家業の薬局をもとに化粧品事業に乗り出した。順調に業績を伸ばして食品、医薬品、さらにはアパレルや外食産業にまで事業を拡大したのだが、「経営の神さま」とまで称された祖父が八年前に亡くなって以来、業績は悪化の一途を辿《たど》っていた。長引く不況に加え、祖父が展開した多角経営が仇《あだ》となったのだ。

メインバンクから役員を迎え、不採算事業の清算を進めるなど経営の立て直しを図ったものの、復調の兆《きざ》しが見えず、昨年には大手化学メーカーである月王堂《げつおうどう》との化粧品事業の統合が持ち上がった。

しかし、社員から社風が違いすぎるとの反対の声が上がっただけでなく、役員の意見が分かれて月王堂との交渉が難航した挙句、今回の事件で完全に頓挫《とんざ》してしまった。

それもあって、諒一までが社員たちの厳しいまなざしに晒《さら》されているのだ。

断じて父は、やましい真似《まね》をするような人間ではない。

勾留中の父とは弁護士を通じてしかやりとりできないが、諒一は父の無罪を信じていた。起訴された以上は、今後の裁判で真実を明らかにするしかない。

ずっと厳格な父に反発し、決められたレールの上を歩む不満を抱えていた。大学卒業後、父の命令で花菱に入社したものの、秘書室や経営関連の部署を避けて宣伝部を希望したのは、諒一なりの反抗だった。だが、そんなものは恵まれた環境にあるがゆえの甘えでしかなかったのだ。

いまになって、これまでの自分がいかに幸せだったかを思い知らされた。

今後の捜査の進展いかんによっては、東京証券《とうきょう》取引所から上場廃止の措置を受ける可能性がある。経営難に喘《あえ》ぐ現在、上場廃止という事態になれば、いっきに倒産にまで進みかねない。

化粧品会社は、ほかの業種以上に企業イメージを大切にする。

役員たちは花菱のイメージが損なわれることを恐れ、逮捕の翌日取締役会を開き、代表取締役社長だった父を解任した。

現在は副社長だった宮崎《みやざき》が社長となり、事件によるダメージを極力小さくするためやっきになっている。

だが、経営トップの逮捕がもたらした衝撃は大きく、株価の急落は免れなかった。おまけに、まだ逮捕者が出るのではないかという疑心暗鬼の状態が続いてる。

諒一自身は入社して二年目の、宣伝部に所属する一社員にすぎない。しかし、創業者一族の一人として責任を感じずにいられなかった。

ここまで経営が悪化したのは、祖父や父に責任がある。ことにワンマンだった父は失策を繰り返し、役員たちの反発を招き、事業統合の件でも迷走した。そこへ、今回の粉飾決算の騒動だ。

祖父が築いた、創業家の威光は完全に失われた。自分に向けられる社員たちの冷ややかな視線に、厳しい現実をまざまざと実感させられる。

自分も、会社を辞めたほうがいいのかもしれない。

だが、父が有罪だと決まったわけでもないのに、自ら退職するのは癪《しゃく》だった。逆境に負けたくないという、諒一なりの意地もある。

『笑っていれば素敵なことが、悲しい貌をしていると悲しいことが起るわよ』

亡くなった母親が、よく言っていた言葉を思い出す。こんなときだからこそ、沈んだ貌をしていてはいけない。

宣伝部に戻ると、終業近くにもかかわらず、みな忙しそうに働いていた。

「お疲れさま」

電話を終えた隣席の同僚が、諒一に気づいて顔を上げる。

「どうだった？　栄祥堂《えいしょうどう》のほう」

「順調です。来週には、パッケージデザインの試作品が上がるそうです」

幸いなのは、宣伝部の上司や同僚たち、大学時代の友人たちが、事件前と変わらない態度で接してくれることだ。

彼らがさりげなく示してくれるやさしさが、父の逮捕に引き続いて、もっとも信頼していた人間に裏切られた痛手をいくぶんなりとも和《やわ》らげてくれた。

兄であり、親友であり、いちばんの理解者だった男。

リムレスの眼鏡《めがね》が映える、理知的な容貌《ようぼう》が脳裡《のうり》を過《よぎ》り、諒一は小さく唇を嚙《か》み締めた。だめだ。あんな裏切り者のことを考えてはいけない。

「そういえば、留守中に深津《ふかつ》さんから電話があったよ。戻ったら、秘書室に来てほしいって」

「——深津が……」

ちょうど彼のことを思い浮かべていただけに、同僚の口から出た名前にどきりとする。驚いたせいでつい、いつもの習慣で呼び捨てにしてしまった。

父の秘書だった彼が、菱川家の屋敷に起居し、子供のころからの諒一のお目付け役であったことは、花菱の社員なら誰でも知っている。そして、彼の証言が決め手となって、父が逮捕されたことも。

「わかりました。ありがとうございます」

なんでもないふりで礼を言い、同僚から伝言を記したメモを受け取った。留守中に届いたメールをチェックしていると、ご丁寧なことに電話と同じ内容のメールが届いている。

差出人は、深津政彦《まさひこ》。

画面に表示された名前を見ただけで、つきりと胸が疼《うず》く。諒一がこれまで信じていた世界は、深津によって完膚なきまでに破壊されたのだ。

二十年近くともに暮らし、誰よりも近くにいたのに、あの男の本性を見抜けなかった。

長年にわたる簿外債務の存在を検察に告発し、父と財務担当役員の関与を証言したのが深津だったと知ったときの衝撃はいかばかりだったか。

『おまえは、恩知らずだ……！　この家から、出ていけ……！』

『これまでお世話になりました』

赦《ゆる》しがたい裏切りだと憤る諒一に、深津は静かに礼を言って頭を下げた。反論はおろか、なんの言い訳もせずに。

いまは、どこに住んでいるのかすら知らない。父が逮捕され、深津が出ていき——目黒《めぐろ》にある菱川家の広い邸宅には、諒一と家政婦の二人だけになってしまった。

深津の部屋は、いまもそのままにしてある。深津はものには執着しないたちで、もともと持ちものは少なかったが、部屋に残された荷物はさらに少なかった。業者を呼んで、いつでも始末できると思うとかえって億劫《おっくう》になってしまい、手つかずのままだ。

言い訳なら聞いてやってもいいと思っていたのに、深津からはなんの連絡もなかった。新社長の秘書になって、忙しいのだろう。社長秘書と一介の平社員とでは、社内で擦れ違うことさえ稀《まれ》だ。

父についている弁護士は有能だが、諒一の不安すべてを解消してくれるわけではない。父が起訴されたときも、保釈請求が却下されたときも、深津がそばにいてくれれば、少しは不安が紛れただろうに。

そんな仮定をする自分が、滑稽《こっけい》だった。困難なとき、いちばん頼りたい当の相手に裏切られたのだから。

深津からまったく音沙汰《さた》がないことが、諒一の痛手を深めていた。彼にとっての自分が、その程度の存在だったのだと思い知らされるようで。

それが、いまさらなんの用があって呼びつけたのか、見当がつかなかった。自分が間違っていたと、謝罪するつもりだろうか。

呼び出しを無視するわけにもいかず、十階にある秘書室に向かう。

上昇するエレベーターの中、諒一は大きく息をついた。深津と顔を合わせるというだけで、鼓動が速くなる。

どうして深津は父を糾弾したのだろう。何度考えても、わからなかった。

『旦那さまがやましい真似をなさるような方ではないのは、諒一さんがいちばんよくご存じのはずです』

花菱の粉飾決算を巡る疑惑がマスコミで報道されはじめたころ、深津は動揺する諒一を励ましてくれた。あのときの深津は、自分と同じように父の無実を信じていたはずだ。

月王堂との事業統合の件で、父との対立を深めていた宮崎たちに懐柔されたのだろうか。けれど、深津ほどの男が金や出世に釣られるとは思えなかった。

ならば、彼らに弱みでも握られたのか。

深津が菱川家にやってきたのは、彼が十三歳のとき、諒一が五歳のときだった。一人っ子だった諒一が、お兄ちゃんが欲しい、と両親にねだったせいだ。

生来病弱で、第二子の出産が望めなかった母は慈善事業に熱心だった。そんななか、両親を亡くして寄る辺ない身の上だった深津と出会い、児童福祉施設から引き取る決心をしたらしい。

以来十九年、深津は諒一の遊び相手兼お目付け役だった。勉強も水泳も逆上がりも、縁日での金魚掬《すく》いのこつも、ネクタイの結び方も深津に教わった。

父の援助で大学を卒業した深津は花菱に入社し、総務部を経て社長秘書となった。労を惜しまない誠実な仕事ぶりは、秘書の鑑《かがみ》そのもの。とくに三年前に母が亡くなってからは、公私に亘って献身的に父を支えてくれた。

諒一が知る深津は、なんの瑕疵《かし》もない完璧《かんぺき》な男だ。他人につけ入られるような弱みなど、まったく思い浮かばない。

伝え聞くところによると、新社長の宮崎に対しても、父に対するのと同じ誠実な秘書ぶりだという。もはや深津は、父への恩も忠誠も切り捨てたのかもしれない。

自分と深津のあいだには、恩や義務だけでない、なにかもっと特別な絆《きずな》があるのだと信じていた。その絆さえも、深津は断ち切ってしまったのだろうか。

悪い夢でも見ている気がする。父が逮捕されたあの日から、なにもかもが変わってしまった。諒一の人生も、生活も、深津への信頼も。

エレベーターが目的階に到着する。ぎゅっと拳《こぶし》を握り締め、諒一は深津に対峙《たいじ》する覚悟を決めた。


呼びつけたくせに、深津の姿は秘書室になかった。仕方なく、入り口近くの座席にいた女性に声をかけ、深津に呼ばれた旨を告げる。

「少々お待ちください」

秘書室長をはじめとするほかの社員たちは、諒一に気づかないふりで仕事を続けている。父に叛旗《はんき》を翻した役員たちに仕えている彼らとしては、気まずいものがあるのだろう。

「諒一さん」

これまでと変わらない深みのある低音が、諒一を呼ぶ。

振り返ると、ドア口に佇《たたず》んだ深津が薄い唇を綻《ほころ》ばせた。百八十をゆうに超える長身にもかかわらず威圧感がないのは、この温和な表情のせいだろう。

地味だが、仕立てのよいダークスーツは、いかにも社長秘書にふさわしい。眦《まなじり》が切れ上がった漆黒の瞳、すっきりと通った鼻筋。リムレスの眼鏡が、怜悧《れいり》な容貌をいっそう引き立てている。

――裏切り者のくせに。

いくら誠実な貌を装っても、もう騙《だま》されない。

「いったいなんの用だ」

「お呼び立てして申し訳ありません。――こちらへ」

案内しようとした深津の手が肩先を掠《かす》めそうになり、諒一はあからさまに避けた。爽《さわ》やかなアフターシェービングローションの香りも、深津のぬくもりも、いまはなにもかもが厭《いと》わしい。

「社内では、名前で呼ぶなと言っただろう」

「失礼いたしました。つい癖で」

廊下を歩きながら小声で抗議すると、深津が神妙な面持ちで謝罪してくる。以前から何度もやめるようにと言ってきたのだが、深津はいっこうに呼び方を改める気配がない。

さきを歩く深津の背中を、諒一はいまいましい思いで睨《にら》みつけた。

初めて会ったときから、十九年。変わったのは、二人がスーツをまとう社会人になったことと、深津が眼鏡をかけたことくらいだろう。身長の差は縮まったものの、依然として十センチあまりの差がある。

深津に案内されたのは、父とともに逮捕された元財務担当役員の部屋だった。その後、ほかの役員が使っているという話は聞かないが、重厚なマホガニーのデスクにはパソコンが設置されて花まで飾られ、いましがたまで誰かが仕事をしていた気配がある。

「ここは？」

「私の部屋です」

秘書の分際で、執務室まで持っているのか。啞然《あぜん》としていると、深津に「どうぞ、そちらへ」とソファを勧められた。ほかの役員室同様、イタリア製の立派なソファセットが設《しつら》えられている。

「いったいなんの話だ？　こんなところに連れてきて」

苛立《いらだ》ちまぎれにどさりと腰を下ろし、向かい側に座った深津を睨み据える。深い色合いの瞳が、まっすぐに諒一の視線を受け止めた。

「明日から、私の秘書を務めていただきます」

「は……？」

社長秘書の、そのまた秘書？　意味が理解できないでいるうちに、深津が続けた。

「本日の役員会で、サンライズ・キャピタルが我が社に出資することが決定しました。今後は筆頭株主となる同社の主導で、経営再建を進めることになります」

「――……」

明日の会見までご内密に、という深津の言葉を、諒一は呆然《ぼうぜん》として聞いた。微笑の消えた深津の表情からは、まったく感情が読めない。

サンライズ・キャピタルは、バブル崩壊後の不良債権処理に際して活躍し、元祖ハゲタカ・ファンドとして名を馳《は》せた外資系投資ファンドだ。昨今では、業績不振に喘いでいた有名企業を買収し、再生させたことでも知られている。

そしてサンライズ・キャピタルこそ、月王堂との事業統合の交渉が難航するなか、最初に接触してきた投資ファンドだった。

『ハゲタカとはよく言ったものだな。獲物を見つけるのだけは早い』

現経営陣を退陣させたうえで、経営を立て直すというサンライズからの提案に、父は激怒していた。

そんな会社から出資を受けるとは――。驚きに声も出せずにいると、深津が淡々とした声音で続けた。

「私は明日づけで経営改革担当役員に就任し、サンライズ側から迎えた社外取締役とともに、花菱再生の改革に取り組みます。諒一さんにはぜひとも、秘書としてお力を貸していただきたい」

「おまえの秘書なんか、冗談じゃない……！」

よくもぬけぬけと。誰よりも信じていた相手に裏切られ、父を陥れられた憤りに衝《つ》き動かされて、諒一は両手をテーブルに叩《たた》きつけた。

「出資と言っても、要はサンライズ・キャピタルによる乗っ取りじゃないのか。そんなこと、絶対に赦さない……！」

「残念ながら、この件に関して諒一さんの意思は関係ありません。花菱を再生させるためには、サンライズの力が必要なのです」

いっそ冷淡なほど、深津は落ち着き払っていた。眼鏡の奥の瞳が、動揺する諒一を冷静に映している。

「メインバンクのＭＵＧはどう言っているんだ？　サンライズに出資してもらうよりも、ＭＵＧに融資してもらうほうが……」

「今回の事件のペナルティとして、東京証券取引所から上場廃止の処分が下るでしょう。ＭＵＧはそれを理由に、これ以上の融資はできないと断ってきました。今後、サンライズはＭＵＧが所有する我が社の株式の八十パーセントを譲り受け、筆頭株主となります」

メインバンクにすら、見捨てられたのだ。

目の前がすうっと昏《くら》くなった。祖父が起《お》こし、父が守ってきた会社が、存続の危機に立たされている。父の逮捕がもたらした影響の大きさを、諒一はいまさらながらに痛感した。

「でも、父さんが有罪と決まったわけじゃないのに、上場廃止なんて……」

「代々財務を担当してきた元役員たちの証言や、検察に押収された裏帳簿があります。先代がご存命のころから決算を粉飾してきたようですから、累積した簿外債務は膨大な金額になる。旦那《だんな》さまも、認めざるを得ないでしょう」

あくまでも父を信じようとする諒一に対し、深津の言葉は客観的なだけに、冷酷なものだった。

社長の地位を父に譲ったあとも、会長となった祖父は「院政」と評されるほどの影響力を行使していたと聞く。しかし、祖父の存命中から粉飾決算が行われていたというのは、初耳だった。

「……おまえは、父さんが有罪だと思っているのか」

「自分の罪は、自分で贖《あがな》わなければなりません。それは、旦那さまも同じことです」

深津が暗に諒一の問いを肯定する。諒一を見つめる双眸《そうぼう》は静謐《せいひつ》に澄み渡っており、いささかの後悔も迷いもない。それが、検察に証言した深津の行動が誰かに強要されたのではなく、己の良心に従った証左《しょうさ》のように思え、諒一はますます動揺した。

いや、違う。そんなはずがない。父は無罪だ。深津が誤解しているか、あるいは――。

「父さんが不利になるような証言をしたのは、役員の地位を手に入れるためか？　宮崎社長たちか、あるいはサンライズ・キャピタルが、おまえを唆《そそのか》したんじゃないのか」

「確かに、私を役員に任命したのはサンライズの意向ですが、事件とは無関係です」

深津はふっと目を細め、どこかほろ苦く微笑んだ。子供のころ、父に叱《しか》られてなかなか泣きやまない諒一を前にしたときのように。

「地位にも金にも、興味はありません。私が欲しいものは、そんなものではない」

「だったら、どうして父を裏切ったんだ……！」

「花菱のためです」

深津の答えは明確だった。まっすぐに諒一を見据えるまなざしには、信仰にも似た強い意志が窺《うかが》える。

「腐敗の連鎖を断ち切り、過去を清算しない限り、花菱の再生はありえない。旦那さまには、経営トップとしての責任を取っていただかなければなりません」

「もういい……！」

あくまでも父を糾弾しようとする深津の態度に、諒一は我慢がならなくなった。深津は父を検察に売ったことを後悔するどころか、なんの良心の呵責《かしゃく》も感じていないのだ。

「この会社が欲しいなら、おまえの好きにすればいい……！　嫌がらせの異動なんかさせなくとも、僕のほうから辞めてやる」

吐き捨てるなり、ソファから立ち上がる。もはや、深津と同じ空気を吸うことさえ耐えがたかった。

「逃げるのですか」

ドアノブを握る寸前、深津に追いつかれた。大きな掌に手首を一摑《ひとつか》みにされる。

「離せ……！」

「離しません」

振り返りざまに払いのけようとしたが、手首を摑む深津の力は緩まなかった。間近から闇《やみ》色の双眸に覗《のぞ》き込まれ、鼓動が不穏に跳ね上がる。

「あなたには、花菱を守る義務があります」

「守る……？　父さんから花菱を奪っておきながら、僕に守れというのか……！」

深津の言うことが、まったく理解できなかった。同じ言語を使っていながら、意思の疎通がない。

「そうです。諒一さんが花菱ブランドを立て直して、再生させるのです」

「おまえの言うことは、滅茶苦茶だ……！　つきあっていられない」

立ちはだかる深津の胸に手を突っ張り、押しやろうとする。しかし、深津の体はびくともしなかった。

掌から伝わってくる、しっかりとした胸板の厚み。三十二歳という年齢にふさわしい、成熟した男の体軀《たいく》を生々しく感じる。

「できないから、尻尾《しっぽ》を巻いて逃げ出すのですか？」

「できないなんて、言っていない……！　いいから、どけ……！」

こんなに深津は、力が強かっただろうか。もがくほどに深津との力の差を思い知らされ、焦燥とともにかすかな恐れが湧《わ》いてくる。

「では、私が怖いからですか？」

「な……どうして僕が、おまえを怖がらなきゃいけないんだ……っ」

「――こんなことをされても？」

自嘲《じちょう》めいた、どこか皮肉っぽい表情で深津が唇を歪《ゆが》める。眇《すが》められた双眸が昏く底光りした瞬間、肩を摑まれて引き寄せられた。

「……ッ」

いったい、なにを――。呆然としていると、眼鏡がぶつからないよう、器用に角度をつけて深津が顔を寄せてきた。驚愕《きょうがく》に目を見開いた視界を、深津の端整な貌が占める。

柔らかく、あたたかなもの。

唇を掠めたものの正体に思い至り、諒一ははっと我に返った。

「な……なにをする……！」

渾身《こんしん》の力で、立ちふさがる深津を突き飛ばす。手の甲で唇を拭《ぬぐ》ったが、そのときにはもう深津の唇が掠めた感触がはっきりと刻まれていた。

悪ふざけにしては、たちが悪すぎる。深津にじゃれて甘えたり、抱きついたりしてきたが、子供のときの話だ。いまの仕打ちとは、わけが違う。

——誰とも、キスさえしたことがないのに。

ずっとそばにいた深津なら、諒一が二十四歳にもなってまともな恋愛の経験がないことくらい知っているだろう。そのうえでの仕打ちだと思うと、悔しくて、切なかった。悪趣味な冗談や嫌がらせでキスをされるほど、深津に嫌われているのだろうか。

「こんな嫌がらせをしたって、おまえなんか怖くない……！　おまえには、絶対に負けないからな…っ」

「——それでこそ、諒一さんです」

不埒《ふらち》な悪戯《いたずら》を仕掛けた男を動揺に潤んだ瞳で睨み、必死に声を張り上げると、深津はなぜか満足そうに微笑んだ。

「明日から、秘書としてよろしくお願いします」

「……っ」

しまった。まんまと深津のペースに乗せられたことに気づき、諒一は昂《たかぶ》る感情に任せて口走ったことを後悔した。

「ど、どうしてそうなるんだ…っ。おまえの嫌がらせには屈しないと言っただけで、秘書になるとは言っていない……！　それに、仕事の引き継ぎもあるし、いきなり明日から異動だと言われても……」

「必要があれば、宣伝部と行き来なさっても結構です。私のほうも、最初のうちはさほど忙しくありませんから」

「でも、……」

「私の秘書になるのは、プライドが赦しませんか？　確かに、菱川家の御曹司が使用人も同然の男の秘書になれば、社員たちから哀《あわ》れまれるでしょうね。しかも、旦那さまを社長の座から追いやった張本人でもあるのですから」

揶揄《やゆ》するような口調に、諒一はむっとした。深津の秘書となって社員から哀れまれるくらい、なんでもない。だいたい、いまだって針の莚なのだから。

「そんなことで傷つくようなちゃちなプライドなんか、持ち合わせていない」

「ならば、結構。私になど負けないとおっしゃった気概を証明するためにも、完璧な秘書を目指してがんばってください」

深津が笑みを深くする。丸め込まれるのも悔しいが、できないと言うのは深津に負けたようでもっと悔しかった。おっとりとしてマイペースな反面、諒一には頑固で負けず嫌いの面があるのだ。

「わかったよ。やればいいんだろう……！」

秘書になれば、深津は上司だ。これまでの二人の上下関係が逆転する。だが、それはあくまで仕事上のことだ。

このときは、そう高を括《くく》っていた。深津の意図を、まだよく理解できていなかったのだ。

「私は決してやさしい上司ではありませんから、覚悟なさってください」

薄い唇を吊《つ》り上げ、深津がひんやりとした笑みを浮かべた。


「たいへんね。いきなりの異動で」

「なにかあったら、連絡してください。すぐこちらに来ますから」

諒一の急な異動を知った宣伝部の同僚たちは、驚くとともに同情してくれた。なにしろ、宣伝部での仕事とはまったく異なる秘書業務だ。

「深津さん、これまで秘書だったただけに菱川くんにも厳しいんじゃないのかしら」

「覚悟してます」

総務から借りた台車に私物を載せながら、諒一は沈みそうになる気持ちを鼓舞し、努めて明るく振る舞った。

机の上に置いていたノベルティのカレンダーも、いまとなっては大切な思い出の品だ。異動してからも使おうと、ダンボールのいちばん上に置く。

宣伝部に在籍したのは、二年弱。こんな形で異動するとは思わなかった。

売り言葉に買い言葉の、まったくの勢いだ。深津に負けないと言った以上、諒一としてもあとに退《ひ》けない。

昨日のうちに、深津の役員室の続きのオフィスに諒一の机が用意された。嫌になるほどの手際のよさだった。

女性が多く、賑《にぎ》やかだった宣伝部とは違い、これからは諒一一人だ。なにかあれば秘書室がフォローしてくれるというが、昨日の様子からするとあまり期待できないだろう。父と対立していた役員たちと接する機会が増えるのも、憂鬱《ゆううつ》だった。

「それにしても、深津さんがいきなり役員になったのも驚きだけれど、サンライズ・キャピタルがうちに出資するなんて……」

「やっぱり上場廃止かな」

サンライズ・キャピタルの出資や、深津の役員昇格をはじめとする新人事の件は、今朝、全社員にメールで通知された。サンライズ主導で経営再建が行われると知り、社員の誰もが人員削減をはじめとするリストラ策を警戒して、戦々恐々としている。

「あ、はじまるわよ」

先輩の女性社員の声に、諒一もオフィスの片隅にあるテレビを振り返る。各局が正午前のニュース番組を放送する時刻だった。

『サンライズ・キャピタル、花菱に出資』というテロップを背景に、女性キャスターが両社が共同会見を行ったことを告げる。

『先月の菱川前社長の逮捕により、上場廃止を免れないと見た花菱は自主再建を諦《あきら》め、サンライズ・キャピタルに出資を仰ぎました』

画面が切り替わり、両社の首脳陣が揃《そろ》って会見に臨む場面が映し出される。

『ビジネス・パートナーとして、花菱の再生に力をお貸ししたいと思い、今回の合意に至りました。今後は、弊社の桐野佳文《きりのよしふみ》が社外取締役に就任し、新たに経営改革担当役員となられた深津政彦氏とともに……』

サンライズのトップは、まだ三十代半ばほどの日本人男性だった。社外取締役として送り込まれる、桐野という男も若い。たぶん深津とさほど変わらないだろう。

サンライズのトップが挨拶するなか、花菱の社長や副社長とともに並んだ深津が画面に映り、諒一は心臓が止まりそうになった。

昨日の深津の嫌がらせが脳裡に蘇《よみがえ》る。唇の感触までを生々しく思い出しそうになり、小さくかぶりを振った。

両社の首脳が固く握手を交わす端に、深津が笑みを浮かべて佇んでいる。

初めて会見の場に立ったとは思えないほど、深津は堂々としていた。さかんに焚《た》かれる眩《まばゆ》いフラッシュにも、まったく動じていない。

テレビの中の深津は、見知らぬ人のように遠かった。

もしかしたら、深津のことをよく知っていると思っていたのは、錯覚だったのかもしれない。

——これから、どうなるんだろう。

会社も、自分も。

言いようのない不安に胸を締めつけられ、諒一はテレビ画面を凝視し続けた。

2

「困りましたね」

もの思わしそうに眉をひそめ、深津がため息をつく。

教師に叱られる不出来な生徒のような気分で、諒一はものものしいマホガニーの机の前に佇んでいた。

「移動時間の余裕を見ておかないと、先方をお待たせすることになる。相手の心証を害するだけでなく、重要なビジネスチャンスを逃しかねません」

上司となってからも、諒一に対する深津の態度は変わらなかった。慇懃《いんぎん》無礼なほど丁寧な物腰で接してくる。

「この程度のことは、秘書としてはもちろん、社会人として最低限弁《わきま》えていらっしゃると思いました」

「……申し訳ありません」

反論したいのをぐっと堪《こら》え、諒一は謝罪の言葉を口にした。秘書になってから、深津には敬語で接するように心がけている。

今朝、交通事故のせいで渋滞が生じ、深津が次のアポイントに遅れるという事態が生じた。事故が起きたのは諒一の責任ではないが、移動時間の見通しが甘かったのは確かだ。

でも、午前中に工場見学と取引先への訪問を希望したのは深津自身で――。とはいえ、一言でも反論すれば、理路整然としたお説教が返ってくるだけだ。長いつきあいから、その程度は簡単に察しがつく。自らの非を認めるのが、いちばん賢明だった。

「今後は気をつけてください。午後の会議の資料はできていますか？」

「こちらです」

昨日、残業して仕上げた資料の束を差し出す。ぱらぱらと捲《めく》って内容を確認し、深津は満足そうに頷《うなず》いた。

「では、三十部コピーをお願いします。あと、こちらのファイルの整理をお願いします。他部署から借り出したものもあるので、返却しておいてください」

「……はい」

顔が引き攣《つ》りそうになるのを、なんとか堪える。深津が整理を命じたファイルはデスクでは納まらず、応接セットのテーブルにまで山積みになっていた。

自宅にそのままになっている、深津の荷物ともども捨ててやりたい。物騒な考えが、諒一の頭を過る。

菱川家を出てからどうしているのかと思ったら、深津はオフィス近くのマンションに住んでいるらしい。

出ていったきり戻ってこないのは、きっとそちらのほうが快適だからだろう。きっちりとプレスされたワイシャツといい、隙《すき》のない身なりは相変わらずで、深津が一人暮らしの生活にまったく不自由していないことが窺えた。

「それと、夕方からグループ面談する社員たちに……」

深津が言いさしたとき、いきなり役員室のドアが開いた。ノックもなしに取締役を訪ねてくるような不調法な輩《やから》は、社内広しといえど一人しかいない。

「なんだ、雰囲気暗いなあ」

明るい色合いに髪を染めた、シャープな顔立ちの男。すらりとした肢体とあいまって、モデルかなにかに見えなくもない。サンライズ・キャピタルから経営再建の任務を担って花菱に送り込まれた、社外取締役の桐野佳文だった。

「ドアを開けるときは、ノックをしろと何度も言っているだろう」

めったに表情を変えない深津も、無作法な闖入者《ちんにゅうしゃ》には渋面になった。

「諒一くんが机にいなかったし、話し声がしてるから、こっちにいるんだと思って」

「そんな問題じゃない」

諒一には決して用《もち》いないぞんざいな口調が、かえって親しみを感じさせる。

生真面目《きまじめ》でなにごとにも堅い深津と、いささか軽薄そうな桐野とではまるきり接点がないように見えるのに、大学の同級生だというから驚きだ。なにより、深津に友人がいたことが諒一には驚きだった。

深津が友人の一人もいないような、人格に問題がある人間だというのではない。ただ、深津に個人的な交友関係があるということさえ、これまで考えたことがなかったのだ。

いつだって深津は、諒一を優先してくれた。

学校から帰ると、深津と遊んで、勉強を教えてもらう。子供のころの諒一は、親鳥を慕う雛鳥《ひなどり》のように、深津にまとわりついて離れなかった。母が体調を崩すことが多かったせいもある。

それは、深津が社会人になってからも変わらなかった。平日は帰宅が遅いぶん、休日には諒一を水族館や美術館、遊園地に連れていってくれた。ときには、父のゴルフの同伴を断ってまで。

大学生になってからは、さすがに深津べったりではなくなったけれど、それまでは深津のプライベートな時間をほぼ独占していたと言っていい。あれでは友人はおろか、恋人を作ることさえ難しかっただろう。

わがままな子供につきあわされて、深津も内心ではうんざりしていたのかもしれない。いまさらながら、諒一は傲慢《ごうまん》な子供だった自分を恥じた。

「またこいつにお説教されてたの？　小姑《こじゅうと》のようにうるさいからなあ」

「い、いえ……そんなことは……」

桐野には何度も同じような場面を目撃されているだけに、否定できなかった。

サンライズ・キャピタルから派遣されてきた社外取締役ということで、当初は警戒していたのだが、桐野は人好きのする、憎めない人物だった。諒一のことも名前で呼び、やけに親しげに接してくる。

サンライズが花菱に出資したことと、深津と桐野が同級生であることは無関係というが、仕事先で同級生と再会するとはすごい偶然だ。

「では、出かけます。なにかあれば、携帯に連絡をください」

ハンガーにかけてあった背広を羽織りながら、深津が口早に命じた。これから、サンライズ側とのランチミーティングが入っている。

「じゃあね」と諒一に手を振る桐野を引き連れて、深津は役員室を出ていった。

——嘘つき。

一人になり、誰憚《はばか》ることなく盛大なため息をつく。

役員に就任してしばらくは忙しくないと言っていたのに、各種会議に社員とのグループ面談、工場の見学、取引先との打ち合わせなど、深津は分刻みのスケジュールをこなしている。おかげで秘書である諒一も、慣れない仕事に追われる毎日だ。

ただし、やさしい上司ではないという言葉は事実だった。

仕事に厳しい深津は諒一にも厳しく、容赦なくミスを指摘する。言葉つきは丁寧ながら、その細かさたるや、桐野の言う小姑もかくやというありさまだ。

秘書になって四日、諒一はすでにたっぷりと後悔していた。深津の秘書は諒一一人なので、いっしょに不満を言いあう相手もいない。賑やかで、笑い声の絶えなかった宣伝部が恋しかった。

勾留中の父には、深津の秘書になったことはまだ報告していない。自分を裏切った相手に息子が秘書として仕えていると知ったら、激怒して体調を崩しかねなかった。

住み込みで世話をしてくれている家政婦の浜島《はましま》は、最近さらに諒一の帰宅が遅くなったことを案じていたが、仕事が立て込んでいると言って誤魔化《ごまか》してある。

いずれ彼らの耳にも入るだろうことはわかっていたが、つい言いそびれてしまった。たぶん、つまらないプライドのせいだ。

『そんなことで傷つくようなちゃちなプライドなんか、持ち合わせていない』

深津に啖呵《たんか》を切っておきながら、このざまだ。見栄《みえ》っぱりな自分が嫌になる。

それでなくとも、思うように仕事ができなくて自己嫌悪に陥っているのに。

ひそかに秘書検定のテキストやビジネスマナーの本を読んでみたのだが、実際の仕事では予想外の出来事が起こるものだ。今日の交通渋滞のように。

宣伝部では、入社して一年目で企画が採用され、周りからも認められていたので、それなりに仕事ができるつもりでいた。けれど、そんなわずかばかりの自負も粉々だ。

またため息をつきそうになり、諒一は唇に軽く歯を立てた。落ち込んでいては、深津の思う壺《つぼ》だ。

『あなたには、花菱を守る義務があります』

『諒一さんが花菱ブランドを立て直して、再生させるのです』

深津の秘書になって、いったいどうやって花菱を再生させるというのだろう。深津が厳しく接してくるのは、諒一が尻尾を巻いて逃げ出すのを待っているとしか思えなかった。

――負けるものか。

父が無罪を勝ち取り、花菱の社長に返り咲くまで、逃げるわけにはいかない。

昼休みでオフィスに人が少なくなる隙にコピーしようと、諒一は秘書室に向かった。ちょうど昼食を取りに出ようとしていた女性秘書たちと鉢合わせになる。どのお店に行こうかと声高に話していた彼女たちは、諒一を見てぴたりと口を噤《つぐ》んだ。

「お疲れさまです」

彼女たちの反応に内心で苦笑しながら、諒一は自分から明るく声をかけた。

サンライズ・キャピタルとの会見の翌日、東京証券取引所が花菱の上場廃止を決定した。現在、花菱株は管理銘柄に置かれており、一月《ひとつき》もすれば上場企業ではなくなる。

予想していたこととはいえ、社内には大きな動揺が走った。今後、サンライズによって大規模な人員削減が行われるのではないかと囁かれていただけに、社員たちが受けた衝撃は計り知れない。

そんななかで、これまでと変わらない女性秘書たちの賑やかな様子は、いささかなりとも救いに思えた。

コピーを終えて部屋に戻り、会議の準備をしてから、ファイルの整理にかかる。深津が戻ってくるまでに、片づけてしまいたかった。

深津と、なるべく顔を合わせたくない。

あんな嫌がらせをされるのは、二度とごめんだ。あれから深津がキスを仕掛けてくることはなかったから、やはり嫌がらせだったのだろう。

いつまでも気にしているほうが、損だ。自分ばかり意識しているのも悔しい。さっさと忘れてしまえと思うものの、深津と二人きりのときはつい警戒してしまう。

他部署から借りたファイルの分別に手間取っているうちに、昼休みが終わりを告げた。

午後も仕事が立て込んでいる。寒いなか、コンビニに行くのも面倒で、諒一は引き出しから固形の栄養補助食品を取り出した。これまでは残業の際の非常食だったが、深津の秘書となってから主食にすることもしばしばだ。

コーヒーを淹《い》れ、栄養とカロリーだけは考慮された固形物を口にする。硬く、ぱさついた食感に、諒一の眉が寄った。子供のころ、母親が作ってくれたクッキーとは比べものにならない。

初めて会った日、深津に割れたクッキーを差し出したことを思い出す。チョコチップがべったりと溶けた、クッキーのかけら。

深津は覚えているだろうか。あんなものを、おいしいと言ってくれたことを。

もうあのころの深津は、いないのかもしれない。この一ヵ月あまり、深津が遠くなっていくばかりだ。

これだから、自分は甘いのだろう。いまの深津は、父を陥れた裏切り者でしかない。感傷を振り切り、栄養補助食品の最後の一口をコーヒーで流し込む。

ドアが開く音がして、諒一はコーヒーカップを手にした格好のまま固まった。

「ただいま戻りました」

諒一の前を通り過ぎようとした深津が、机にある栄養補助食品の空袋に目を留める。お説教していたときのように、男らしい眉が不穏に寄せられた。

「まさか、お昼はそれだけですか？」

「なにを食べようと、僕の勝手だ」

おざなりなもので昼食をすませようとしたことが自分でも恥ずかしく、ついいつもの口調で言い返してしまう。

「感心できませんね。昨日も終電近くまで残業なさっていたそうですし、あらかた今朝は寝坊して、朝食をちゃんと召し上がっていないのでは？」

「……」

図星だった。昨日、深津が会食のために出かけたあとも諒一は書類の作成に追われ、結局、終電ぎりぎりで帰る羽目になったのだ。

なにも知らない社員には、白手袋を嵌《は》めた運転手つきの車で送り迎えされていると思われているようだが、入社当時からずっと電車通勤をしている。専用車で通勤していたのは、社長だった父と深津だけだ。

「僕が残業していると、おまえに報告がいくのか」

「秘書室の人間から、昨日、諒一さんが遅くまで残っていらしたと聞いただけです」

みんな、深津の味方というわけか。疎外感に胸の奥がひんやりとし、諒一は唇を噛み締めた。

「異動したてでまだ慣れないでしょうが、無理をして体調を崩しては元も子もありません。体調管理も、社会人の務めですよ」

正論なだけに反論できなかった。深津から言いつけられる仕事量が多いのも事実だが、勤務時間内にこなせないのは、諒一が不慣れなせいもあるのだ。このあいだなどは、直筆の礼状を書くのに一時間以上かかってしまった。

「いますぐ、昼食を取りに行きなさい」

「でも、仕事が……」

「これは上司命令です。諒一さんが沈んだ貌をなさっていると、私がいじめているのではないかと桐野に誤解されてしまいますから」

「――わかった」

有無を言わさぬ口調に、諒一は憤然として返した。心配してくれるのかと思えば、自分が桐野に揶揄《からか》われるのが不愉快だからなのだ。

「三十分で戻る」

「そのまえにこれを」

勢いよく椅子《いす》から立ち上がったところで、深津に引き止められた。小さな紙袋を胸許《むなもと》に突きつけられて、反射的に受け取ってしまう。

「以前、この店のマカロンがお好きだとおっしゃっていたでしょう？」

紙袋は、会社の近くにある洋菓子店のものだった。宣伝部の同僚からもらったこの店のお菓子がおいしかったので、何度か自宅にも買って帰ったことがある。

「ただし、こちらはおやつですよ。食事がわりにしてはいけません。――では、行ってらっしゃい」

子供に含み聞かせるような口調で釘《くぎ》を刺してから、役員室に向かう。

ドアの向こうに消える深津の背中を眺めながら、諒一は紙袋を手に呆然とした。

外に出たついでとはいえ、菓子店までわざわざ買いにいったのだろうか。昼休みの終わりともなれば、おやつを買い求めるOLで店内が混雑しているはずだ。

紙袋を覗くと、マドレーヌやダックワーズ、パウンドケーキなどのほかに、諒一がとくに好きなショコラオレンジ味のマカロンが入っていた。どうやら、諒一の好みを覚えていたらしい。

嫌がらせでキスを仕掛けたかと思えば、これまでと同じように諒一を気遣ったりする。いったい深津がなにを考えているのか、ますます不可解だった。

やさしくして、懐柔しようという魂胆なのだろうか。こんなことくらいでは、父と自分の信頼を裏切った償いになどならない。

——こんなもの。

紙袋ごとダストボックスに突っ込もうとした諒一の脳裡を、さきほど思い出した割れたクッキーのかけらが過った。

諒一の手が止まる。

あの日の深津の笑顔と、握り締めた掌のぬくもり。

紙袋をそろそろと机の上に置いた。深津に対する怒りは薄れていないが、菓子に罪はない。

深津にやさしくされて嬉しいと思った自分の軟弱さが、ただ悔しかった。

「おはようございます」

諒一が挨拶すると、廊下で擦れ違った役員がぎくりと固まった。父が社長だったころは、諒一にもうるさいほどおべっかを使ってきた相手だ。

「あ、ああ、おはよう」

顔色が冴《さ》えないのは、子会社への出向が決定したからなのか。

上場廃止の決定を受けて、いよいよサンライズ・キャピタルによる本格的な経営改革がはじまった。その第一歩が、不採算事業部門の売却だ。

アパレルや外食事業はメインバンクの薦めですでに売却しており、残る不採算部門は食品事業と医薬品事業だった。いずれも、利益に比してかさむ設備投資費と開発費が負担になっていた。

社員の雇用を条件に売却先を探すらしいが、たとえ引き続き雇用されたとしても、これまでと同一の待遇が保証されるわけではない。

経営陣の人事刷新も取り沙汰されており、父を社長解任に追い込んだ役員たちのあいだにも、明日は我が身といった空気が流れていた。

去っていく役員も、心持ち肩が落ちている。

多角経営こそが成功の源と信じていた祖父のころとは、時代も状況も違う。経営再建のためには化粧品事業のみに絞り、効率化を図ったほうがいい。

頭ではわかっていたが、花菱が切り売りされていくようで諒一としてはやりきれない気分だった。面会した弁護士によると、父も医薬品事業の売却話を知って、気落ちした様子だったという。起訴後も保釈が認められないばかりか、接見禁止の決定がなされているため、いまだ弁護士しか面会できない。父が否認を続けていることが大きいのだろう。

いっときは連日のように事件を報道していたマスコミも、最近では時折、取り調べの経過を報じるだけだ。むしろ、サンライズ・キャピタルによる花菱再生に関する記事のほうが多いくらいだった。

花菱を立て直すことも、父を助けることもできない。毎日、自分の無力さを思い知らされるばかりだ。

気分が沈みそうになり、諒一は小さく息をついた。沈んだ貌をしていると、深津にこき使われているせいではないかと社員に噂《うわさ》されてしまう。

ファイルを抱えなおし、ドアをノックした。

「失礼します」

ミーティングルームの中では、深津と桐野が三人の社員たちと面談中だった。社員の不安を取り除き、モチベーションを引き出すために、全員に面談を行うことになっている。また、現在の仕事内容を聞き出すことで、経営改革に役立てようとの意図もあるらしい。

「こちら、お持ちしました」

「ありがとうございます」

内線で深津に頼まれた資料を差し出す。他人の前であろうと、諒一に接する深津の態度は変わらない。

上司のくせに、これまでのように諒一を名前で呼び、丁寧な口調で接してくる。甘く見られているようで、よけい腹立たしかった。

「悪いね、諒一くん」

「いえ」

桐野にまで名前で呼ばれ、苦笑ぎみに微笑む。

そんなやりとりを、社員たちが興味深げに眺めていた。落魄《らくはく》した御曹司の心情をおもしろおかしく斟酌《しんしゃく》しているのだろう。

「それで、システムを変更するというのは?」

「あ……はい。こちらの新しい商品管理システムを採用すれば、工場での生産から納品までがさらに迅速になる計算です」

深津が話の続きを促し、三人の社員たちの意識が彼に集中する。

秘書の経験しかない若造になにができるのかと侮《あなど》っていた年配の社員たちも、じょじょに深津の手腕を認めはじめていた。花菱の行く末に危機感を抱いていた若手社員はとりわけ、深津に期待と信望を寄せている。深津が社内を歩けば、社員から声がかかるほどだ。

いまだ腫《は》れもの扱いをされ、社内で浮いた存在の諒一とは対照的だった。深津のそばにいると、彼我の違いを思い知らされてつらくなる。

熱心に話をしている深津と社員たちに疎外感を覚え、諒一はそそくさとミーティングルームをあとにした。

誰もいない廊下を歩きながら、ついため息が洩《も》れる。

このままではいけない。自分も、花菱も。

いくら深津が有能で、桐野が経営手腕に長《た》けているとしても、彼らに花菱の再生を任せておいていいとは思えなかった。

結局のところ、投資ファンドは利益を上げるのが至上命題だ。再生計画の進展が思わしくなければ、花菱から手を引く可能性もある。そうなれば、さらにほかのファンドや企業に買収されるか、今度こそ倒産するかだ。

花菱を再生させるための、ほかの手段はないだろうか。

月王堂との事業統合が実現していれば、医薬品、食品事業を切り売りせずに、経営を立て直せたかもしれない。医薬品の中でも、漢方薬部門は今後の成長がまだ充分に見込める。

だが、サンライズに買収されたいまとなっては手遅れだ。

どうしたらいいのだろう。自分の無力さが歯痒《はがゆ》くてたまらなかった。


ディスプレイを凝視していたせいか、目が霞《かす》む。

肩を軽く回したとたん、ぱきりと小さな音がして諒一は眉をしかめた。会議の議事録をまとめているうちに、つい集中してしまったようだ。

静かだった。

ドアの向こうは、ひっそりとしている。午前中の会議から戻って以来、深津は役員室にこもっていた。今日は珍しく、外出も来客の予定もない。

いつ用事を言いつけられるかと緊張していたのだが、役員室のドアが開くことも、内線が鳴ることもなかった。

秘書になってから二週間、じょじょに仕事に慣れつつある。正確には、深津が上司であることと、忙しさにだ。

宣伝部も忙しかったが、秘書の仕事の忙しさとはまた種類が違う。一人で気楽な反面、相談できる相手がいないストレスもあった。

ただし、深津にまたうるさく言われるのも業腹だから、いくら忙しくても、昼休みはきっちり取るようにしている。残業も極力しないように心がけ、どうしても仕事が終わらないときは、自宅に持ち帰った。

宣伝部の引き継ぎには問題なく、自分がいなくとも影響がないのだと思うと、進行中のプロジェクトに精魂を傾けてきただけに、いささか淋《さび》しい。

サンライズ・キャピタルに頼らず、花菱を再生させる方法はないか。

あれからずっと考えてはいるが、はかばかしい方策は思い浮かばなかった。だいたい、社会に出てまだ二年足らずの、一介の社員にできることなど皆無といっていい。

役員に就任したばかりの深津はといえば、さっそく改革案を打ち出して、社員の期待に応えているというのに。

深津と桐野の提案で社内に経営再生委員会が設置され、部署や年代の壁を超えて、社員たちが意見を交わしている。そこで出されたアイディアが、改革案として取り上げられることもあった。

これまで効率を無視してきた反動からか、効率化を図ったものが多い。人事評価にも、成果主義を取り入れてはどうかという意見が出ている。

合理性や効率性を重視すれば、業績は回復するかもしれない。しかし、そうして再建に成功したとしても、花菱らしさが失われるのではないか。

深津たちによって、花菱がまったく異質なものに変えられていくようで、不安だった。

サンライズ・キャピタルの肝いりで経営改革担当役員となった深津は、経営再建に関するいっさいを任されている。社長の宮崎ですら口を差し挟めないありさまだ。

父の誠実な秘書を装っていたのは、いずれ父を放逐して、花菱を支配することを目論《もくろ》んでいたからではないのか。そう勘繰りたくなるほど、深津は自信に満ちあふれていた。まるで、生まれながらの支配者のようだ。

——父さんは、拘置所でつらい思いをしているのに……。

勾留中の父のことを考えると、胸が痛む。身動きできない父のかわりに、自分がなんとかしなければ。

ふいに内線が鳴り出して、思案に耽《ふけ》っていた諒一は現実に引き戻された。秘書室にかかってきた福原という人物からの外線が転送されるが、とっさに思い当たらず、首を傾げる。

「お待たせいたしました。菱川です」

『月王堂の福原だが』

「福原会長……！」

驚きに声が上擦る。秘書ではなく、会長である福原自ら電話をかけてくるとは思いもしなかった。

『久しぶりだね。元気にしているかな』

「は……はい。事業統合の件では、ご迷惑をおかけして、たいへん申し訳ありませんでした」

『いやあ、たいへんだったねえ』

月王堂との事業統合が流れてしまった件を詫《わ》びると、福原は不手際を責めるどころか、しみじみとした声音で諒一を労《いたわ》った。

『深津くんが役員になって、諒一くんがその秘書になったと聞いたものだから、苦労してるんじゃないかと思ってねえ』

「お気遣いいただき、ありがとうございます。まだ慣れないのですが、なんとかやっております」

逆境のさなかにあるだけに、福原の言葉が胸に沁《し》みる。福原のほうが父より七歳ばかり年上だが、同窓生のよしみで、個人的にも親しいつきあいがあった。諒一も、子供のころから福原と面識がある。

『菱川くんはまだ勾留中だろう？　もし私で力になれることがあれば、遠慮なく言ってくれ』

「はい。ありがとうございます」

『どうだろう。今度、食事にでもつきあってくれないだろうか』

顔見知りでもあるし、社会的地位のある相手からの誘いをむげにはできなかった。月王堂との事業統合が再生の切り札だったにもかかわらず、自社の不祥事によって流れてしまった負い目もある。

「僕でよろしければ。……でも、お忙しいのではありませんか？」

『諒一くんと一度、ゆっくり話がしたかったんだよ。こんなときだが、君の気分転換になれば嬉しい』

ここまで言われては、断るのもかえって失礼だった。福原のスケジュールに合わせて、約束の日時を決める。

福原が待ちあわせ場所に指定したのは、会員制の社交倶楽部《クラブ》だった。会員である父のお伴で、諒一も何度か訪れたことがある。

『君に会えるのが、楽しみだよ』

「僕も、お会いできるのを楽しみにしております」

礼を述べて受話器を置いたところで、いつの間にか役員室に通じるドアが開いているのに気づいた。ドア枠に手をかけた深津が、冷ややかなまなざしで諒一を凝視している。

「感心しませんね。仕事中にデートの約束とは」

盗み聞きしていたのか。あてこすられて、ついむっとした。

「デートじゃない。月王堂の福原会長から食事に誘われたんだ」

「福原会長がお相手とは、よけい始末が悪い」

福原の名前を聞くなり、深津が眉間《みけん》に皺《しわ》を寄せた。

「どういう意味だ？　頌山《しょうざん》倶楽部で待ちあわせて、食事に行くだけだ」

「そんなこともおわかりにならないのですか」

ため息交じりのさも呆《あき》れたような口調が、諒一の神経を逆撫《さかな》でした。深津を前にすると、自分がひどく愚かな、分別のない子供になったような気がする。

これまでも深津に子供扱いされることはあったが、そこには面映《おもは》ゆさとともに、守られている安堵《あんど》感があった。深津になら、甘えられる。そう思えばこそ、子供じみた振る舞いができたのだ。けれどいまは、そんな甘やかな感情とはかけ離れた、屈辱と怒りが込み上げてくるだけだった。

「福原会長は、僕のことを気遣って食事に誘ってくださったんだ。事業統合が流れた一件であちらにはご迷惑をかけたんだし、断るわけにはいかない」

極力冷静に返したのだが、深津の表情は厳しくなる一方だった。

「あの方と二人きりでお会いになるのは、やめたほうがいい。諒一さんはデートのつもりではなくとも、会長のほうはわかりません。以前から、邪《よこしま》な目で見られていたことに、お気づきではないのですか？」

温室育ちで色恋沙汰には疎《うと》い諒一にも、深津がなにを言おうとしているのか、朧《おぼろ》げながら察せられた。

いくらなんでも、福原に失礼だろう。若いころは美人で評判だったという母親に瓜《うり》二つとはいえ、諒一は男だ。もちろん、同性に好意を抱く嗜好《しこう》の人々がいることは知っていたが、福原がそうだとは思えなかった。

「妙なことを言うな。福原会長は父さんより年上なんだぞ」

「諒一さんはなにもご存じない」

非難をこめて睨みつけると、深津は苛立ちとも悲しみともつかぬ表情で緩くかぶりを振った。

「おわかりにならないのなら、結構。とにかく、福原会長との会食はお断りなさい。私のほうから連絡しておきます」

「勝手な真似をするな！」

諒一に有無を言わせない、庇護《ひご》者というよりは支配者然とした深津の言動に、我慢できなくなった。秘書になってからの鬱積《うっせき》した感情が、いっきに噴き出す。

「どうしておまえに、口出しされなきゃいけないんだ。僕が誰と食事をしようが、誰とつきあうが、僕の勝手だ。おまえの指図なんか、受けない……！」

「——痛い目に遭わないと、おわかりにならないのですか」

押し殺した声がして、深津の双眸が不穏に耿《ひか》る。表情が消えた貌は、整っているだけに恐ろしいほどの迫力があった。

「……っ」

深津がこちらに向かって踏み出したのを認めて、反射的に椅子から立ち上がったが、わずかに遅かった。逃げる間もなく、回り込んだ深津に二の腕を摑まれる。

「離せ…っ」

あれから、深津が不埒な真似を仕掛けてくるそぶりを見せなかったから、すっかり油断していた。引き寄せられると同時に、深津が顔を近づけてくる。眼鏡の下で、闇色の双眸が奇妙な熱を孕《はら》んでいた。

――怖い。

「……！」

顎《あご》を摑まれかけ、半ば恐慌状態に陥った諒一はとっさに自由になる利き腕を振り上げていた。静かなオフィスに、頬《ほお》を打つ乾いた音が響く。

深津の力が緩んだ隙に、手が届かない距離にすばやくあとずさる。

「こ、こんな嫌がらせをしたって、無駄だって言っただろう……！」

人差し指で眼鏡のブリッジを押し上げながら、深津がゆっくりと顔を上げる。諒一に打たれた頬が、わずかに紅《あか》くなっていた。

「まだ嫌がらせだと思っているんですか？」

「それ以外のなんだというんだ……！」

驚きにわななく唇で言い返すと、深津が皮肉っぽく嗤《わら》った。

「ただの嫌がらせで、これほど過剰反応なさるのですか。福原会長がお相手なら、この程度ではすまないかもしれませんよ」

この程度、という深津の言葉が癇《かん》に障った。悪ふざけのキスくらいで騒ぐのは、子供だからとでも言いたいのか。

「福原会長は、おまえのような裏切り者とは違う……！　礼儀を弁えた、高潔な方だ。こんな下世話な真似なんか、するわけがない……！」

天涯孤独だった深津を施設から引き取り、成人まで育て上げた父に、深津は絶対の忠誠を誓っているのだと思っていた。だが、結局は出世欲や自己保身のために、父を裏切ったのだ。

「――そこまでおっしゃるなら、わかりました」

込み上げる激情に肩を喘がせて言い放った諒一を、深津がレンズ越しに強い眼光で見据える。目が合った瞬間、火花が散るような衝撃があった。

「……っ」

深津から、こんな険しいまなざしを向けられたのは初めてだった。いついかなるときも冷静沈着な深津が、激情をあらわにしている。漆黒の双眸に宿る激しい憤りに気圧《けお》され、諒一は言葉もなく立ち竦《すく》んだ。

「お好きになさい」

平淡な口調で言い捨て、深津がくるりと背中を向ける。これ以上の会話を拒絶する、厳然たる意思表示だった。

「……深津……」

掠れた呼びかけは、音を立てて閉ざされたドアに阻まれる。

深津があんな、突き放すような言い方をするとは思わなかった。裏切り者と罵《ののし》ったときでさえ、反論どころか言い訳すらしなかったのに。

深津に、見限られた――。

貧血を起こしたときのようにすうっと血の気が引いていき、机に手をついて体を支える。自分でもおかしいほど、深津の冷ややかな態度にショックを受けていた。

あんな恩知らずの裏切り者なんて、どうだっていい。もう信頼してないし、最初から心の繫《つな》がりも、絆もなかったのだ。

さっさと仕事の続きに戻らなければ。

そう思うのに、閉じられたドアを見つめたまま、動けなかった。

3

玄関ホールで諒一を出迎えたのは、顔見知りの支配人だった。

「いらっしゃいませ。お久しぶりです」

「こんばんは」

頌山倶楽部は港区《みなと》の一等地にあり、広大な敷地と建物を有している。かつての持ち主だった華族の雅号を名前に冠しているだけあって、会員には政財界の重鎮はもちろん、文化人などの粋《すい》人《じん》趣味人も多い。

会員になるには財力だけでなく、紳士たりうるにふさわしい品格が必要とされている。以前、収賄罪に問われた政治家は、倶楽部の会員を辞した。もしかしたら、父も会員規約に違反したとして、退会することになるかもしれない。

その話が出るかと思ったのだが、支配人は接客のプロだけあって、事件のことにはまったく触れなかった。目尻《めじり》を細めて、「お元気そうでなによりです」と諒一を歓待する。

「福原会長と待ちあわせをしているのですが」

「承っております。どうぞこちらへ」

クロークにコートを預け、支配人に先導されて館《やかた》の中に足を踏み入れる。父に連れられて何度か訪れたことがあるが、広すぎていまだ館の全貌を把握しきれない。

白い漆喰《しっくい》の天井に黒光りする梁《はり》、凝った意匠が施された扉、精緻《せいち》なステンドグラス。館内は創建当時のままに保たれており、訪れるたびに新たな発見があった。

一階奥のラウンジに通され、場違いだと思いつつ、ジンジャーエールを頼む。水割りでも頼めばさまになるのだろうが、生憎《あいにく》アルコールには強くない。福原との会食のまえに、酔うわけにはいかなかった。

ピアノの生演奏が流れるなか、バーカウンターやテーブルに陣取った会員たちが酒を傾けながら、談笑に興じている。会員には功成り名を遂げた紳士が多く、年齢層は高い。

見知った顔はなく、諒一はほっとしてソファに身を沈めた。好奇心に満ちた視線に晒されずにすむのはありがたい。

福原との待ちあわせがあるため、今日は深津より早く会社を出た。

『予定があるので、今日はこれで失礼します』

『お疲れさまでした』

なにか言われるのではないかと思ったが、深津は拍子抜けするほどそっけない態度だった。

あれから、仕事以外の会話はまったくない。好きにしろと言ったとおり、深津は福原との会食についていっさい言及しなかった。

それだけではない。うるさかった小言も、ぴたりとやんだ。電話の応対から礼状の書き方に至るまで、細かく口を差し挟んできたのに。

『お好きになさい』

あれは、プライベートだけでなく仕事も勝手にしろということだったのだろうか。要領が悪く、仕事ができない諒一に、呆れ果てたのかもしれない。そう思うと、深津と顔を合わせるのがいっそうつらくなった。

手ひどい裏切りにあっていながら、いまだにどこかで深津を頼りにしている。甲斐甲斐《かいがい》しく世話を焼き、面倒を見てくれて当たりまえだと思っていた感覚が抜けていないのだ。

なんて傲慢で、思い上がった子供だったことか。

深津の裏切りは決して赦せないが、父の逮捕から二ヵ月近くが経ち、諒一は自らを振り返る余裕ができていた。

深津から差し出される忠誠を当然のように搾取していた自分を、彼はどう思っていたのだろう。深津と言い争いになったあの日、激しい憤りを浮かべた瞳と、拒絶するように背けられた背中を思い出しては、胸を掻《か》き毟《むし》りたくなった。

――でも、もう昔には戻れない。

感傷を振り切り、ストローに口をつける。しかし、ジンジャーエールの爽やかな風味も、諒一の気鬱《きうつ》までは払拭《ふっしょく》してくれなかった。

気を紛らわせるために、アルコールを頼むべきだったろうか。そのとき、ふいに首筋に視線を感じて振り返ると、支配人に先導されて福原がやってくるところだった。

「すまない。待たせてしまったようだ」

「いいえ。ついさきほど来たばかりですから」

頭髪には白いものが交じり、年相応の余裕と威厳があるものの、福原は六十代半ばの年齢よりもずっと若く見えた。上背のある体軀は引き締まっており、恐らくは贔屓《ひいき》にしている銀座《ぎんざ》の老舗《しにせ》テーラーであつらえたのだろう、スーツがよく似合っている。

初めて会ったときから、福原の外見はあまり変わっていない。いくぶん目尻の皺が増えたようだが、彫りの深い顔立ちは端整で、若いころはさぞかしと思わせるだけの魅力があった。

「お誘いいただき、ありがとうございます」

「こちらこそ、忙しいのにすまないね」

化粧品事業の拡大を目指す月王堂にとって、花菱との事業統合はぜひとも実現させたい懸案だったと聞いている。交渉が難航した挙句に白紙になってしまい、サンライズ・キャピタルに花菱を奪われる形になったのだから、月王堂は面子《メンツ》を潰《つぶ》されたも同然だ。とくに、事業統合を積極的に押し進めていた福原の心中を思うと、申し訳なさが募った。

「先般の件では、御社にたいへんご迷惑をおかけして、申し訳ありませんでした」

「今日は堅苦しい話はよそう」

穏やかな物腰で諒一を制し、福原はソファに座るように勧めた。お仕着せを身につけた給仕に、二人分のシャンパンをオーダーする。

父親が造った小さな工場を元に、一代で月王堂を一流企業に育て上げただけあって、福原の言動には余裕と自信が漲《みなぎ》っている。

月王堂は、東証一部上場の化学メーカーだ。最初のヒット商品が石鹸《せっけん》だったことから、福原のことを石鹼屋と陰口を叩く者もいたが、創業以来、無借金経営を続けるのはたやすいことではない。

「菱川くんの様子はどうだい？　面会はできるのかな」

「それが、まだ弁護士しか会えなくて……。弁護士の先生を通じて、伝言をしてもらったり、差し入れをするのがせいぜいなんです」

父の話をしていると、給仕がシャンパングラスを運んでくる。

「さあ、まずは乾杯だ」

「なにに乾杯しますか？」

「君に会えたことにだよ」

悪戯っぽく片目をつむってみせる。気障《きざ》な台詞《せりふ》としぐさも、福原の年齢なら嫌みではない。

諒一は淡く苦笑し、福原に倣《なら》ってグラスを掲げた。


「素敵なところですね」

「料亭なんて、年寄りくさいと呆れられるかと思ったよ」

福原に連れていかれたのは、頌山倶楽部からほど近い料亭だった。

都心にありながら、料亭のある界隈《かいわい》だけひっそりとしている。店があることを知らなければ、気づかずに通りすぎるだろう。

「こういったところにはあまり来ないので、連れてきていただいて嬉しいです」

「それはよかった。さ、まずは一献やろう」

福原が手にした徳利《とっくり》で杯に日本酒を注いでくれる。アルコールに弱いうえに、とりわけ日本酒には免疫がない。大丈夫だろうかと不安を覚えつつ、杯に口をつけた。

「……おいしい」

思わず呟《つぶや》きが洩れる。福原が諒一のために選んでくれたのは、ほんのりと甘い、飲み口のよい酒だった。

「気に入ったかい？」

「はい。飲みやすいお酒ですね」

酒肴《しゅこう》の並んだ座卓を挟んで、福原が笑みを深くする。

「パーティやなにかで会うたび、いつもカクテルか、ソフトドリンクを飲んでいるから、飲みやすいものがいいだろうと思ってね」

「見ていらしたんですか」

きまりが悪くて、諒一はほんのりと頬を染めた。アルコールに弱いだけでなく、味覚が子供寄りなのか、ビールの苦みさえ苦手なのだ。

酒豪になりたいわけではないが、カクテル一杯で顔を紅らめてしまうのも、大人の男としては情けない。

諒一がこんな調子だから、父の晩酌の相手はいつも深津だった。どれだけ酒を飲んでも、深津は端然とした佇まいを崩さず、乱れることがない。彼の涼やかな貌を思い浮かべたとたん、諒一の裡《うち》で妙な敵愾心《てきがいしん》が頭をもたげた。

「もう少しお酒に強くなりたいんですけれど、どうすればいいでしょう」

「なにごとも経験だからね。こういった飲み口のいいものから試していくといいだろう」

「でも……飲みすぎるわけにはいきません」

「遠慮することはない。もし君が潰れたら、私がいくらでも介抱してあげるよ」

にこにこと微笑む福原は、他意があるようには見えなかった。

飲み干した杯に、福原がまた酒を注ぎ足してくれる。口当たりのよさにつられて、自分でも意外なほど酒が進んだ。

「それにしても、君が私の誘いを受けてくれるとは思わなかったよ。いままではパーティなどで会っても、深津くんが君のそばで番犬のように目を耿らせていただろう。おかげで、なかなか込み入った話ができなかったんだ」

「申し訳ありません」

これまでの自分がいかに過保護にされていたかを思い出し、気恥ずかしくなった。

深窓の令嬢ならともかく、諒一は二十四歳にもなる男だ。誰にも頼らず、精神的にも自立しなければならない。

「深津は僕のお目付け役を言いつけられていましたから、羽目を外さないように見張っていたのでしょう。実際は、とんだ裏切り者でしたけれど」

社内の人間ではない福原を相手にしている油断や、じょじょに回りつつある酔いのせいで自制心が緩んだのかもしれない。ふだん抑制している感情が、毒のある言葉となって口を衝いて出てしまった。

福原に、こんな話をすべきではない。非礼を詫びようとしたときだった。

「——諒一くん」

真向かいから見つめる福原の双眸が、奇妙な熱を帯びていた。

「君はこのままでいいと思っているのかい？」

「このままで、とは……？」

福原がなにを言わんとしているか、とっさに理解できなかった。

「深津という男は、孤児だったそうじゃないか。彼を施設から引き取り、ひとかどの男に育て上げたのが菱川くんだ。その恩も忘れて菱川くんを告発し、いまはその息子である君を顎で使っているとは、赦しがたい背信行為じゃないか」

「……確かに、深津は僕の上司ですが……」

福原の口調のあまりの激しさに、諒一は戸惑った。深津が仕事に関して厳しいのは事実だが、顎で使われているわけではない。

「かつての使用人ふぜいや、ファンドなどという拝金主義の権化のような連中に花菱を牛耳《ぎゅうじ》られて、君がつらい目に遭っているのかと思うと、私はいてもたってもいられない気分だよ。事件を機に、事業統合に反対する声が月王堂社内で強くなったからといって、どうして強引に踏み切らなかったのかと悔やまれてならない」

「事業統合の話が流れたのは残念でしたが、……でも、むしろそれでよかったのかもしれません。もし実現していれば、今回の事件で、御社にもっとご迷惑をおかけしていたでしょうし」

「君はいい子だ、諒一くん」

口角を吊り上げ、福原がねっとりと笑った。そう見えるのは、酔いのせいで視界がぼやけているからだろうか。

「どうだろう。私と組んで、薄汚い連中から花菱を取り戻さないか。手段はいくらでもある」

「福原さん……？」

思いがけない申し出に、諒一は潤んだ瞳を瞬かせた。頭がぼんやりとして、うまく働かない。頬が火照《ほて》り、どんどん体温が上昇していく。

「むろん、金銭的な協力は惜しまないよ」

「ッ」

座卓に身を乗り出した福原に手を握られて、びくんと体が竦む。全身の毛穴がざあっと開くような錯覚があった。

どくどくと動悸《どうき》がして、発熱したときのように体が熱い。おまけになぜか感覚が鋭くなっていて、肌が衣服に擦れただけで体が震えた。

おかしい。慣れない日本酒を飲んだせいだろうか。

「すみません。酔ったみたいで……」

舌がもつれ、ひどく緩慢な口調になった。背中に汗が滲《にじ》み、額《ひたい》もしっとりと汗ばんでいる。体の異変は明らかだった。

握られた手から伝わる、福原の体温がやけに生々しい。さりげなく手を引こうとしたが、逆にぐっと引き寄せられた。

「そのようだ。ずいぶん色っぽい貌をしている」

「……っ」

粘着質なしぐさで手の甲を撫で上げられ、体を強《こわ》ばらせる。弾みで、衣服と擦れた下腹部に鈍い刺激が生じた。

熱く、疼くような感覚。

恋愛経験はなくとも、欲望とは無縁ではいられない。覚えのある感覚に、諒一は息を呑《の》んだ。

酔っただけなのに、どうして——。訝《いぶか》しむあいだにも、体の中心がじんわりと熱を孕んでいく。

自分で自分の反応が、信じられなかった。

「どれ、私が介抱してあげよう」

「福原さ…っ」

歩み寄ってきた福原に腕を摑まれた。剝《む》き出しになった神経に、直接触れられたかのような鋭い刺激が駆け抜ける。

「だい…じょうぶ、です……お水でも飲めば……」

「遠慮することはない。やさしくしてあげるから」

不可解な笑みを浮かべた福原の表情に、諒一の本能が警報を発していた。摑まれた腕を振り払おうとしたが、引きずるようにして隣室に連れていかれる。

「私たちは、もっと親しくなる必要がある」

「福原さん……？」

やさしげに囁いた福原の声音にも、目つきにも、粘ついたなにかがあった。

「――……」

襖《ふすま》の奥に広がる光景を目にし、諒一は愕然《がくぜん》とした。

枕元《まくらもと》に置かれた行灯《あんどん》に照らされ、二組の布団が生々しく浮かび上がる。時代劇で目にするような紅絹《もみ》の色合いが、沈んだ照明にもあざやかだ。

鈍い諒一にも、ここに至ってようやく福原の目的が理解できた。

都心にありながら、人目を避けるようにひっそりと佇む料亭。長い渡り廊下で隔てられた、奥まった座敷。酒肴を運んだきり、姿を現さない仲居たち。恐らく、この料亭は訳ありの客がそういった目的のために利用する場所なのだ。

『あの方と二人きりでお会いになるのは、やめたほうがいい。諒一さんはデートのつもりではなくとも、会長のほうはわかりません』

『福原会長がお相手なら、この程度ではすまないかもしれませんよ』

深津がせっかく忠告してくれたのに、自ら危険に飛び込んでしまった――。行きつけの料亭に行こうという福原の言葉を信じ、のこのことついてきた自分の愚かさが呪《のろ》わしい。

「さあ、仲良くしようじゃないか」

「あ、…っ」

軽く肩を押されただけで、諒一はあっけなく布団に倒れ込んだ。立ち上がろうにも、足が萎《な》えたようになって言うことを聞いてくれない。

「薬が効いてきたようだね」

諒一がもがくさまを余裕たっぷりに眺めながら、福原がネクタイを解き、上着を脱ぎ捨てる。下卑た笑みを浮かべる面《おもて》からは、紳士然とした表情は消えていた。

「薬……？」

「副作用はないから、心配することはないよ。少し、体が敏感になるだけだ」

やはり諒一の身に起こっている異変は、アルコールのせいだけではなかったのだ。酒器に仕込んだか、酒に混ぜたかしたのだろう。原因がわかったからといって、怪しげな薬を服用された恐れや怒りが薄れるはずもなかった。

「け、軽蔑《けいべつ》します……！　福原さんとも、あろう方が、こんな……」

抗議する言葉さえ、速くなる呼吸のせいで切れ切れになる。

「すぐに気持ちよくしてあげるから、そんなつれないことを言うものじゃない」

「いや、だ……離して、くださ……い！」

にやにやと笑って諒一の抵抗をあしらい、福原が伸《の》しかかってくる。簡単に押さえ込まれ、ネクタイを引き抜いてワイシャツをはだけられた。

「君と初めて会ったときから、こうしたかった」

「つ……」

あらわになった肌を撫でられて、全身が粟立《あわだ》つ。湿った掌の感触も不愉快だったが、声音にこもる狂気じみた偏執が恐ろしかった。なにしろ、福原と初めて会ったのは、諒一がまだ子供のころだ。

「初めてって、……だって……」

「花菱の創業四十周年記念の席だったかな。君は確か十歳で、美知子《みちこ》さんによく似た可愛い子供だったねえ。もっとも、いまでも充分可愛いが」

むくつけき男にならなくてよかった、と含み笑いながら肌をもう一撫でされ、激しい嫌悪に吐き気がした。

「や…めて、くださ…い」

うまく力が入らない指で、福原の肩を押しやろうとする。どうして深津の言うことを聞かなかったのだろう。

『福原会長は、おまえのような裏切り者とは違う……！　礼儀を弁えた、高潔な方だ。こんな下世話な真似なんて、するわけがない……！』

ひどい言葉で深津を詰《なじ》ったことを後悔しても、遅かった。

「意地を張ることはないよ。つらいんだろう？」

「ッ……」

衣服越しに反応した下肢を撫でられて、諒一の体が目に見えて引き攣った。嫌だと思う気持ちとは裏腹に、ぞっとするような快感が突き上げてくる。

「ずいぶん感じやすい」

「や……い、やだ……」

もがけばもがくほど衣服と擦れて性感を煽《あお》られ、追いつめられていく。これ以上触られたら、そこが湿った熱を孕んでいることを福原にも知られてしまう。

「ああ、なんて綺麗な肌だろう」

芝居じみた台詞とともに、福原が首筋に顔を寄せてくる。ねっとりと甘い葉巻の匂いが鼻につき、とっさに顔を背けた。

「おやおや、嫌われたようだね。これから二人で力を合わせて、花菱を奪い返さなければならないというのに」

「あ…あなたの力なんか、借りたくありません……!」

こんなやり方で、花菱を取り戻そうとは思わない。声を張り上げたとたん、福原がぎろりと目を剝《む》いた。

「困った子だね。あの男に操《みさお》立てしているのかな」

「あの男……?」

「深津くんだよ」

的外れな言葉に、諒一は頬を強ばらせた。どうして、深津に操立てしなければならないのだ。

「深津とは、そんな……」

だが、諒一の動揺を、福原は図星を指されたせいだと曲解したらしい。下卑た笑みを浮かべていた瞳が、すっと細められる。

「悔しいな。何度、あの男に可愛がってもらったんだい？」

「ひ…っ」

布の上から両脚の付け根をきゅうっと摑み取られて、喉《のど》から引き攣った声が洩れた。苦痛を感じているにもかかわらず、先走りの蜜《みつ》がじわっと滲み出す。

「清楚《せいそ》な貌をしていながら、とんでもない淫乱《いんらん》だな。お守り役を銜《くわ》え込むなんて」

「や……やめ……」

獲物を前に舌舐《な》めずりする獣のような表情で、福原が諒一の衣服に手をかける。まともな抵抗もできず、ベルトを外され、スラックスを引きずり下ろされた。反応した部位が、男の眼下に曝《さら》け出される。

「もうこんなにしていたのかい。いやらしい子だ」

「いや、だ……やめ、ろ…っ」

好色そうにぬめった目が、おぞましい。じかに触れられて、全身を嫌悪が突き抜ける。なのに、昂りが冷《さ》める気配はまったくない。

薬のせいとはいえ、自分の体が自分の意思でコントロールできない恐怖と絶望が込み上げてくる。こんな男にいいようにされるなんて、絶対に嫌だ。

「誰か……っ」

「人払いしてある。どんなに叫んでも、誰も来やせんよ」

「や……やだ…っ」

浅ましく反応した場所をまさぐられる。初めての他人の手の感触に、諒一は惑乱しかけた。

——深津……！

頭に浮かんだのは、冷たいほど整った顔立ちの持ち主だった。

どうしてこんなときに深津のことを思い浮かべてしまうのか、諒一自身にもわからなかった。忠告を聞き入れず、自ら窮地に陥った自分を、深津が助けにきてくれるはずがない。第一、どこにいるかも知らないだろう。

だが、叫ばずにいられなかった。

「深津……っ」

刹那《せつな》、諒一を玩弄《がんろう》していた福原の手がぴくりと固まった。どうしたのだろう。恐る恐る顔を上げた諒一の耳に、こちらに向かってくる数人分の足音と、「お待ちください」という狼狽《ろうばい》した女《お》将《かみ》の声が聞こえた。

「お客さま、困ります……！」

悲鳴じみた女将の声とともに、勢いよく座敷の障子が開けられる。襖が開け放たれたままになっていたため、寝室の様子は廊下からも一目瞭然《いちもくりょうぜん》だった。福原がぎょっとした様子で、諒一の上から退く。

「諒一さん」

――嘘……。

都合のよい夢でも見ているのではないか。信じられない人物の声を耳にし、諒一はゆるゆると廊下を見遣《や》った。

涙でぼやけた視界に、深津の姿が映る。それでもまだ実感が湧《わ》かなかった。

「な、なんだね、深津くん。いきなり失礼じゃないか」

「失礼は、そちらのほうでしょう」

突然の闖入者に動揺する福原とは対照的に、深津は落ち着き払っていた。端整な貌には、表情がない。怒りが激しい証拠だった。

困惑顔の女将を廊下に残し、深津がずかずかと座敷に押し入ってくる。福原には目もくれず、布団に膝をついて、横たわる諒一を助け起こした。

「大丈夫ですか?」

「……うん」

本当に、深津が助けにきてくれたのだ。肩を支える大きな掌の感触に、ようやく実感が湧いてくる。こくりと頷くと、深津の険しいまなざしがわずかに和らいだ。

耳慣れた低音を聞いただけで、異常な動悸が少し落ち着く。ワイシャツ一枚に剝かれた諒一のあられもない格好を目にし、深津が痛ましげに眉を寄せた。自分の背広を脱いで、諒一の肩にかけてくれる。

深津とは、一回りほど体格が違う。彼の背広は、諒一の体をすっぽりと覆ってなお余裕があった。

深津のぬくもりと匂いがする背広に包まれ、安堵が込み上げてくる。あんなひどいことを言ったのに、深津は助けにきてくれた――。

「立てますか？」

「……っ」

手を貸そうとした深津に肩を抱かれた瞬間、諒一は大きく体を震わせていた。深津に気づかれてしまう。ワイシャツの下では、反応した自身が張りつめていた。

過敏な小鳥のように震える諒一を目にし、深津が心配そうに眉を寄せる。

「どうしました？」

「お酒かなにかに、薬を……」

入れられた、と言い終わらぬうちに、深津が激しい語調で福原を詰問《きつもん》した。

「どういうことです？」

「親切心だよ。緊張していては、愉《たの》しめないだろうと思ってね。なに、あとを引くようなたちの悪い薬じゃない」

現場に踏み込まれたことで逆に開き直ったのか、福原が思わせぶりに忍び笑う。深津の表情は変わらないものの、眼鏡の奥の双眸が冷ややかさを増した。

「月王堂会長ともあろう方が、このような恥知らずな真似をなさるとは驚きました」

「無礼な言いがかりはよしてくれ。諒一くんも、もう大人なんだ。ここに来たのは、お互い同意のうえだよ」

「――ちが、う……！」

このままでは、深津に誤解されてしまう。震える声を張り上げ、懸命に抗議する。

わかっています、というように諒一に向かって一つ頷き、深津は改めて福原を見遣った。

「個人的な嗜好については、なにも申し上げますまい。しかし、嫌がる相手に怪しげな薬を飲ませて、無理やり宿に連れ込んだことが世間に知られたら、会長のお立場が悪くなるのではありませんか。しかも、相手が同性とあれば、月王堂を揺るがすような醜聞にも発展しかねない」

痛いところを衝かれたらしく、福原がぐっと押し黙る。

「花菱との事業統合が失敗に終わったことで、月王堂の一部では福原会長への不満の声が上がっていると聞いております。いまは、よけいな戯れに興じるよりも、会長としての職務に励まれるべきではないでしょうか」

「差し出口を」

いまいましげに吐き捨てた福原に、深津は冷淡な笑みで応じた。

「長年秘書を務めていたせいか、性分でして」

「そのようだな」

ふんと鼻を鳴らし、片膝を立てて座り込んでいた福原が腰を上げた。諒一を背後にかばった深津をねめつける。

「不相応な地位に上りつめて浮かれているのだろうが、分を弁えないと痛い目に遭うぞ」

「ご忠告痛み入ります」

捨て台詞を残し、福原は憤然とした面持ちで座敷を出ていった。謝罪を述べる女将を従えて、足音荒く廊下を歩いていく。

座敷に深津と二人きりになり、諒一は改めて自分のあられもない姿に恥じ入った。肩にかけられた深津の背広をぎゅっと握り締める。

「帰りましょう」

福原に対峙したときの刺々《とげとげ》しさは消え、深津はいつもの穏やかな口調に戻っていた。

諒一が下着とスラックスを身につけるあいだ、深津が放り出されていたネクタイを拾い、座敷の衣桁《いこう》から背広とコートを取ってきてくれる。

「歩けますか？」

「大丈夫……」

深津に支えられて立ち上がろうとしたが、足許《あしもと》に力が入らず、布団の上にへたり込んでしまった。自分の体なのに、まったく言うことを聞いてくれない。

「深津……？　あ、…っ」

歯痒さに唇を噛んでいると、深津が再び傍らに膝をついた。両膝の裏に腕が回され、体がふわりと浮き上がる。

「動かないで。おとなしくなさっていてください」

ふだんなら、子供扱いするなと怒っていただろう。だが、懇願めいた口調になにも言えなくなった。

諒一を腕に抱き上げ、深津がしっかりとした足取りで歩き出す。かすかなフレグランスの匂い、密着した体から伝わるぬくもりと心音。

心配してくれたのだろうか。諒一と同じように、深津の鼓動も速かった。

——苦しい……。

いまだ冷めない熱に苛《さいな》まれている体よりも、なぜか胸が苦しかった。深津のぬくもりに包まれて安堵しているはずなのに、このやるせないような痛みはなんだろう。

女将の恨みがましい視線に見送られて、玄関をあとにする。二人が門を抜けると、シルバーグレーのマセラティ・クアトロポルテが横づけされた。

「無事だったみたいだね。よかった」

運転席の窓から顔を出したのは、桐野だった。深津に抱き上げられた諒一を見て、にっこりと微笑む。

「待たせたな」

「見ものだったぜ。福原の引き攣った貌」

諒一を後部座席に下ろして深津がその隣に乗り込むと、桐野がすぐさま車を発進させる。

「どうして……」

「頌山倶楽部で待ちあわせをするとおっしゃっていたので、諒一さんがいらしたら連絡をくださるよう、支配人にお願いしておいたのです」

諒一の疑問を察して、深津が説明してくれる。

「でも……あの料亭に行くことになったのは、福原さんと会ってからなのに……」

「蛇の道は蛇って言ってね」

ハンドルを握っていた桐野が、ミラー越しに諒一をちらりと見遣る。

「サンライズ・キャピタルの関連会社に、企業の内部状況を調べたり、役員の身辺調査をする会社があるんだ。ときにはボディーガードのような仕事もする。深津に言われて、そこに福原の身辺調査を依頼していたんだ。今日は行きがかり上、俺が運転手として駆り出されたってわけ」

軽快な口調で説明し、桐野がからりと笑う。

「女将に引き止められ、思いがけず手間取ってしまいました。遅くなって申し訳ありません」

「そんなの……」

謝る必要なんてない。深津は悪くないのだから。そう言いたいのに、胸の奥底からぐっと迫《せ》り上げてくる熱い塊に喉が塞《ふさ》がれたようになって、声が出なかった。

『お好きになさい』

呆れられ、見捨てられたのだと思っていた。でも、頌山倶楽部の支配人に連絡を頼んだり、福原の身辺調査を依頼したり、深津は諒一の知らないところで手を打ってくれていたのだ。多忙な仕事の合い間を縫って。

あれほど深津の裏切りが赦せなかったのに、いまの諒一の胸には喜びしかなかった。目許がじわりと熱くなって、長い睫毛《まつげ》を伏せる。

――熱い……。

体中が熱かった。膿《う》んだような熱が、下腹部を中心に全身に広がっている。深津が助けにきてくれて、いったん治まったかのように思えたのは、ほっとしたせいだったのだろう。

「……ふ…っ」

体の奥底から突き上げてくる、浅ましい劣情。ぶり返したそれが、勢いを増して諒一を苛んでいる。車のかすかな振動さえ、妖しい刺激になった。先走りの蜜が下着をじわりと濡《ぬ》らす感触があって、恥ずかしくて消えたくなる。

「諒一さん？　大丈夫ですか？」

濡れた息を忙《せわ》しなくついていると、深津が顔を覗き込んできた。怜悧な双眸が、心配そうに諒一を映している。

「……だいじょ…うぶ……」

「気分が悪くなったら、おっしゃってください」

励ますように言って、諒一の肩を抱き寄せる。

こんな恥ずかしい状態を、深津に知られたくない。けれど、深津から体を離すどころか、指一本動かすのさえ億劫だった。断続的に襲ってくる欲情の波を、必死にやり過ごす。

「あと少しですから」

深津の掌がそっと額を撫でる。火照った肌に、ひんやりとした掌が心地よかった。

子供のころ、熱を出して寝込むと、深津が看病してくれたのを思い出す。熱にうなされて目を覚ますたび、深津が必ずそばにいてくれた。だから、安心して眠りにつけたのだ。

あのころと同じように、深津のぬくもりがそばにある。

福原の魔手から逃れられた安堵をしみじみと嚙み締めながら、諒一は目を閉じた。


「諒一さん」

深津に声をかけられ、重い瞼《まぶた》を開ける。

いつの間にか車は、見知らぬマンションの前に停《と》まっていた。

「……ここは……？」

「私が借りているマンションです」

半ば朦朧《もうろう》としている諒一を抱え上げて車から降りると、深津はまっすぐエントランスホールに向かった。桐野に礼を言う暇もない。

深津の部屋は、最上階にあった。廊下を突っ切って、リビングのソファに下ろされる。

「狭苦しいところで、申し訳ありません。浜島さんには、私のところに諒一さんをお泊めすると伝えておきました」

言われてみれば、車中で深津が浜島に電話をしていたような気がする。

深津は狭苦しいと言ったけれど、菱川家の屋敷に比較すれば狭いだけで、一般的には広い部類に入るだろう。

二十畳以上あるリビングには、ソファにテーブル、サイドボードといった家具に、あとは大型テレビやステレオセットがあるだけだ。広いせいで、生活感に欠けるというより、むしろ殺風景に見える。

霞む目でリビングの様子を眺めていると、深津が水の入ったグラスを持ってキッチンから戻ってきた。

「水はいかがですか?」

急に喉の渇きを意識する。頷くと、病人よろしく抱き起こされて、グラスを口許にあてがわれた。

よく冷えた水が喉を滑り落ち、渇きを癒《い》やしてくれる。だが、体内で荒れ狂う欲望までは冷ましてくれなかった。

張りつめたままの下肢が痛いほど脈打っている。

静かな部屋に深津と二人きりでいると、自分の乱れた呼吸ばかりが耳につく。深津はどう思っているのだろう。恥ずかしくて、惨めで、諒一ははだけたワイシャツの胸許をきゅっと握り締めた。

「おつらいですか?」

さっきからずっととろ火で身の裡を炙《あぶ》られ続けて、意地も虚勢も張れないほどに追いつめられていた。

「熱く…て、く…るし……い」

「……助け、て……」

弱音を口にした瞬間、溶け出しそうに潤んだ瞳から一筋の涙が零《こぼ》れ落ちた。目にした深津の双眸が、苦しげに歪む。

「私に触れられるのはお嫌でしょうが、我慢なさってください」

押し殺した声音で囁き、諒一を丁重な手つきでソファに横たえる。自身のネクタイを緩めると、深津は床に跪《ひざまず》いた。

「え……っ」

ベルトを抜かれ、ファスナーを下ろされて、諒一は驚愕した。広いとはいえ、ソファに横たえられていては逃げ出すこともできない。スラックスを膝下まで引きずり下ろされ、ワイシャツ一枚に剝かれてしまった。

これでは、反応している下肢を隠せない。ただでさえ熱くなっていた頭の中が、かあっと茹《ゆ》で上がった。子供のころはいっしょに入浴していたから、深津に素肌を晒すことに抵抗はないけれど、それとはわけが違う。

「い、やだ……っ」

羞《は》じらいに身を捩《よじ》る諒一の腰を、大きな掌が押さえ込む。深津はなにも言わず、昂った下腹部を見つめていた。

死ぬほど恥ずかしいのに、浅ましい形をした欲望は萎えるどころか、男の視線を受けて嬉しげにひくついている。ワイシャツの裾から覗く先端がねっとりと潤んでいるのが諒一の目にもはっきりと見え、消えてしまいたくなった。

「や…だ、見る、な……っ」

薬のせいで感情の抑制まで利かなくなっているのか、ほろほろと涙が零れた。引き攣った喉が、ひくっとぶざまな音を立てる。

「恥ずかしがることはありません。薬のせいです。諒一さんのせいではありません」

「……ぅ……」

泣かないで、とやさしく囁きながら、深津が長い指で目尻を拭う。そんなささやかな刺激にも身を震わせる諒一を目にし、深津の切れ長の双眸が苦しそうに細められた。

深津のまなざしには、諒一への非難はもちろん、侮蔑も嘲笑《ちょうしょう》もない。真摯《しんし》な後悔と、痛みだけがあった。

「かわいそうに。おつらいでしょう」

「あ、……っ」

張りつめた花茎に長い指が絡みついてきて、驚愕と羞恥《しゅうち》に竦み上がる。包み込まれて上下に扱《しご》かれると、快感に胴震いが走った。

福原に触れられたときは、嫌悪しか感じなかったのに。深津に触れられると、どうしてこんなに気持ちいいのだろう。

他人から本格的に愛撫《あいぶ》されるのはもちろん初めてで、いけないと思っていても、閉じていた膝が勝手に開いて、腰が揺れそうになる。

「だ、め……や……」

「福原会長にも、触らせたのでしょう？　ここですか？　それとも、こちらですか？」

「あっ、あ…んっ」

訊《たず》ねながら感じやすい括《くび》れを擦《こす》られ、じっとりと濡れた蜜口をつつかれて、甘ったるい声が洩れる。女の子のようで、いたたまれなかった。

「いけませんね。あの男が触れた場所を清めないと」

「ふか、つ……？　――ひ…あ…っ」

諒一の下肢に顔を伏せると、いきなり深津は蜜をまとって震えている屹立《きつりつ》を唇に含んだ。熱く潤んだ粘膜にすっぽりと包まれて、悲鳴じみた嬌声《きょうせい》が口を衝いて出る。

嘘だ――。深津の行為は、諒一にとって信じがたいものだった。驚愕と羞恥、快感がいっしょくたに襲ってきて、頭の中がぐちゃぐちゃになる。

「や…あ、こんな、の……だ、め……」

汚いからやめてと言いたいのに、うまく舌が回らない。両手を伸ばして深津を下肢から引き剝がそうとしたが、頑健な男の肩はびくともしなかった。

少し薄めの、形のよい唇。視線を下ろせば、深津の唇に自身が呑み込まれている様子が見えて、あまりの卑猥《ひわい》さに息が止まりそうになった。舌遣いに合わせて湿った音が洩れ、視覚と聴覚、体感が渾然《こんぜん》一体となって諒一の快感を増幅させる。

「あ…あ」

先端の切れ込みを舌尖《ぜっせん》につつかれ、じゅくじゅくっと花蜜が湧出《ゆうしゅつ》する。熱い。深津の口中が熱いのか、自分の体が熱いのか、もはやわからない。

「あ…ぅ…っ」

括れた部分にざらついた舌が巻きついて、きゅうっと締め上げられる。深津の舌はまるでべつの生きもののように繊細に蠢《うごめ》き、諒一を高みへと追い上げていく。

「い…や、も…う……」

このままでは、深津の口の中に出してしまう。快感の波に攫《さら》われそうになり、もうだめ、とかぶりを振って限界を訴える。だが、深津は愛撫をやめるどころか、いっそう深く諒一を含んだ。

「ひ、あ……あ、や…あ、ん…ッ」

頬を窄《すぼ》めて締めつけながら、顔を前後して出し入れする。明るいリビングにじゅぷじゅぷという卑猥な水音が響いた。

我慢できない。深津に愛撫されている部分から、体中が蕩《とろ》けてしまいそうだった。触れられてもない腰の奥までもが、熱っぽく疼いている。

強く吸い上げられて射精を促され、ついに諒一は限界を迎えた。

「あっ、あっ、あ……っ」

本能のままに腰をかくかくと上下させながら、堪えていた欲望を解き放つ。

気持ちがよくて、たまらない。熱い愉悦に灼《や》かれ、脳髄までがじいんと痺《しび》れた。

全身が、絶頂の余韻にひくひくと慄《おのの》く。肩を喘がせていると、顔を上げた深津の喉が上下するのが見えた。

「飲んだ、の……？」

驚きのあまり舌がもつれ、諒一の口調は子供のように稚《いとけな》い響きを帯びた。

「ええ」

なんでもないことのように首肯し、深津が手の甲で濡れた口許を拭う。紅い舌が閃《ひらめ》いて、手の甲に滴《したた》った白濁の名残《なごり》をぺろりと舐め取る。ふだんの禁欲的な貌が剝がれ落ち、深津の全身から野性的な色香が漂う。

眼鏡の奥の熱を孕んだ瞳と目が合い、どくんと鼓動が弾ける。連動するように再び下肢がずくずくと脈打ちはじめた。

これではまるで、さかりのついた獣だ。今度こそ、深津に呆れられてしまう。

「やだ、もう……また、おかしく……」

「大丈夫です。薬の効果が治まるまで、私が何度でも受け止めますから」

真摯な口調で力強く請け負い、深津は諒一の涙に濡れた頰をそっと包み取った。

吐息が触れそうな距離で、二人の視線が絡みあう。

涙で滲んだ視界にも、深津の秀麗な美貌はあざやかだ。魅《み》せられたようになっていると、深津の眉根がくっと寄せられた。諒一を映した漆黒の双眸に、熱っぽい色が浮かぶ。いまにも暴走しそうな激しいなにかを、かろうじて理性の鎖で繋ぎ止めているかのような狂おしい色合い。

「ぁ……」

深津の顔が近づいてきて、諒一は思わず目を閉じた。

目許に落ちてくる、唇の感触。

眦に溜《た》まった涙の粒を唇で含み取り、頬を伝う涙を手の甲で拭うと、深津は顔を上げた。

——キスされるのかと思ったのに……。

落胆めいた感情が胸を過り、深津のキスを期待していた自分に気づく。もしいまキスをされたら、嫌がらせとは思わなかっただろう。

「深津……」

自分自身の心の動きに困惑して、すがるように深津を呼ぶ。目が合った深津は、複雑な表情をしていた。

「寝室に行きましょう」

ふだんならどうということもない言葉なのに、深津の声音に艶《なまめ》かしいものを感じ取って、どきりとする。

深津に腕を取られて肩に回され、抱き上げられた。

子供のころから馴染《なじ》んだ深津の体温、匂い、腕のぬくもり。いつも安堵をもたらしてくれたそれらにもどきどきしてしまうのは、薬のせいなのだろうか。

リビングと同じく、寝室にもほとんどものがなかった。中央に据えられたベッドに恭《うやうや》しく下ろされ、残っていた衣服を脱がされる。

深津はまだベスト姿のままで、自分だけ一糸まとわぬ姿にされるのは恥ずかしかったが、頓着《とんちゃく》している場合ではなかった。一度放っただけでは治まりきらず、またもや切実な衝動が突き上げてくる。

「ああ、見ているだけでまた溢《あふ》れそうですね」

「や…だ、そんな…のっ」

見ているだけなんて、嫌だ。意地悪な言葉が恨めしくて、切なく疼く腰を振り立てる。新たに滲み出した花蜜が茎をつうっと滴り落ち、諒一を羞恥と快楽に煩悶《はんもん》させた。

「福原にも、そうやっておねだりしたのですか？」

「し…てない…っ」

いちだん潜めた声にはかすかな憤りがあって、必死にかぶりを振る。あんな男にねだるくらいなら、死んだほうがましだ。

「よく我慢しましたね」

「あ…んっ」

愛撫を待ちわびて震えていた花茎を掌に包まれ、高い喘ぎが喉から迸《ほとばし》る。気持ちがよかった。頭頂にまで快感が突き抜けて、頭の中が熱く霞む。

「福原には、ここを触られただけですか？」

「う…うん…っ」

うなされるように返事をしながら、深津の手に自身を押しつけるように腰をうねらせる。自分がどんなにはしたない真似をしているかわかっていたけれど、もはや自制できなかった。

「あの男は、以前からあなたに執心していたのです。もう二度と、福原と会ってはいけません」

「うん…っ、……ひゃ…ぅっ」

こくこくと頷くと、ご褒美のように大きな掌が花茎とともに双球を押し包んだ。きつく擦りあわせるようにされて、濃度を増した蜜がぽたぽたと零れ落ちる。

「あ、あ……っ」

我慢できず、あっけなく放ってしまう。シーツにまで欲望の証《あかし》が飛び散った。

二度目なのに、昂りは少しも衰えない。それどころか、下腹部の中、体の奥のもっとも深い部分が膿《う》んだような熱に苛まれていた。

「――どうしよう……」

「諒一さん？　どこか痛みますか？」

困惑した諒一が洩らした呟きを聞き咎《とが》め、深津が身を寄せてくる。子供のころ、添い寝してもらったときのように胸許に引き寄せられても、体の奥底から込み上げてくる焦燥は治まらなかった。口に出すのも憚られるような場所が火照って、うずうずする。

「なんか……体の中が、おかし…い」

少しでも体の中を苛む熱を紛らわせたくて、もじもじと太腿《ふともも》を擦りあわせる。しかし、そのせいでかえって内部の粘膜が捩れ、背筋がぞわりとした。

嫌悪ではない。未知の快楽の予兆を孕んだ感覚が、諒一を怯《おび》えさせる。

「体の中、ですか？」

「……ぅ……っ」

困惑ぎみの声で訊ねられ、やはりふつうのことではないのだと思う。でも、諒一を助けてくれるのは深津しかいない。

「あつ、い……たす…けて……っ」

深津の腕にすがると、ワイシャツ越しにも男の体軀がぴくりと強ばるのがわかった。

迷惑なのだろうか。深津に見放されたらと思うと、全身がそそけ立つような深い恐れが湧いてきた。

「ふか、つ……おねが、い…っ」

駄々を捏《こ》ねる子供のようにかぶりを振りながら、深津の腕を摑む指に力をこめる。

「――わかりました」

あえて感情を抑制しているかのような、平淡な声が落ちてきた。

「荒療治ですが、刺激が強いほうがいいかもしれません。少しつらい思いをさせてしまいますが、それでも構いませんか？」

「ん……なんでもいいから、たすけ…て…っ」

深津の眉間は苦悩するようにひそめられ、諒一を見つめるまなざしもまた苦かった。

たぶん、深津自身はあまり気が進まないのだろう。同情か、あるいは義務感。そういったものから、諒一を助けるためにあえてしようとしているのだ。

体を返されて俯《うつぶ》せにされ、下腹部の下に枕を捩《ね》じ込まれて、深津に向かって尻を突き出した格好になる。抗《あらが》う間もなく薄い肉を指で割り開かれ、諒一はひっと喉を鳴らした。自分でさえ見たことのない場所を、深津の視線に晒されている。

「我慢なさってください。この体勢のほうが楽なはずです」

含み聞かせるような口調に、ぐっと奥歯を噛み締める。死にたいほど恥ずかしかったが、自分から深津に助けを求めた以上、抵抗はできなかった。

ベッドサイドから、深津が保湿クリームを手に取る。子供のころ、深津が諒一の頬や手に塗ってくれたものだ。

硬めのクリームを掬い取った指が、諒一の双丘のあいだに忍んでくる。

「な、なに……？」

「体の中が、熱いのでしょう？　直接刺激したほうが早く治ります」

直接って――。頭が茹《ゆだ》ったようになっているあいだにも、あらぬ場所にひんやりとしたクリームを塗りつけられる。何度か繰り返されるうちに、諒一の体温であたためられたクリームが柔らかく溶け出した。

「力を抜いて……リラックスなさってください」

「……あ、ん…っ」

窄まりにぐぐっと圧力がかかり、たっぷりとクリームをまとった指が中に押し入ってくる。初めて体内に感じる異物感に、全身が粟立った。反射的に押し出そうとする内壁をあやすように、深津の指が小刻みに前後する。

「痛いですか?」

少し考えてから、首を横に振った。狭い場所を開かれる違和感と異物感はあったが、痛いというほどの苦痛はない。クリームで濡れているせいもあり、深津の指は意外なほどなめらかに侵入してくる。

「あ…っ、あ…ん…っ」

ふしだらにひくつく粘膜を擦られて、困惑交じりの喘ぎが零れる。声を発していないと、刺激が体内に蓄積され、いっそう増幅されそうで怖い。

「あ、あん…っ」

クリームをぬるぬると塗りつけていた指が、ある場所を掠めた瞬間だった。雷にでも打たれたように、諒一の体が硬直する。

「い…や、そこ……っ」

「ここですか?」

「あ…あ、んッ」

訊ねながら、深津の指先がもう一度、同じ場所をつつく。濡れた嬌声とともにびくんと腰が慄き、無意識のうちに枕に擦りつけるしぐさを見せる。

「はしたないですよ。後ろをいじられて、腰を振って悦《よろこ》ぶなんて」

「だって……」

とんでもない場所をいじられて感じるなんて、やはり自分はおかしいのだ。だが、不安も羞恥も消し飛んでしまうくらい、気持ちがよかった。見出《みいだ》された一点を指先で捏ねられると、もの欲しげに腰が揺れてしまうのを堪えられない。

「ずいぶん私の指が気に入っていただけたようですね。抜こうとすると締めつけてくる」

「い、や……言わな…、で…っ」

深津が指を引き抜こうとすると、みっちりとまとわりついた粘膜がきゅうっと竦んだ。男の指を逃すまいとする内奥のさもしい蠢きが、諒一自身にもはっきりとわかる。

「こちらも、とろとろになっている」

「あ、ん…っ」

前に回ってきた掌にぐっしょりと濡れそぼった屹立を包み込まれて、はしたない反応を隠せなくなった。深津の掌の中でぐんと硬く反り返って、次々に蜜を溢れさせる。

「後ろだけで達《い》けそうですね」

――達くって……。

理知的な美貌にそぐわぬ卑猥な台詞に、頬から火が出そうになる。深津の手が前から離れ、とっさに追いすがった腰を差し入れた指でひときわ深く貫かれた。

「や…あ、ぁっ」

遠吠《とおぼ》えする獣のような姿勢で四肢を突っ張り、濡れた嬌声を上げる。内腿がひくひくと引き攣り、同じリズムで粘膜が収縮した。

「嫌？　では、やめますか？」

「やめ…ちゃ、や…だ……」

初めて味わうねっとりと甘い官能に理性も思考も蝕《むしば》まれ、男の指を突き立てられたままの腰を揺すってもっとして、とねだる。熟《う》んだ粘膜は嬉しげに波打ち、ようやく与えられた刺激を奪われまいとしていた。

「達く、と言ってごらんなさい。ちゃんと言えたら、お好きなところを可愛がってあげますよ」

「ん……んっ、い……く、達く…っ」

気持ちのいい場所をもっといじめてほしくて、欲望に目が眩む。命じられるままにはしたない言葉を口にし、腰を後ろに突き出して、熱く疼く中枢を深津の指に擦りつけた。

「諒一さんは、いい子ですね」

子供に対するような褒《ほ》め言葉をかけられても、屈辱を覚えるどころか、甘い喜びに胸がときめいただけだった。

「あっ、あっ、あ……んっ」

約束どおり、深津が脆《もろ》い一点を抉《えぐ》ってくる。狙《ねら》いすましたように弱みばかりを責められて、三度目の絶頂に追い上げられた。

「は……ふ…っ」

完熟した果実が爆《は》ぜ、腰の下に挟んだ枕をべったりと濡らす。吐精してなお、箍《たが》が外れたようにとろとろと蜜が零れ続けた。

前だけで達したときとは違い、なかなか余韻が冷めない。緩やかに持続する快感は、射精で経験するそれとは異なるものだった。

「……だめ…っ」

深津の指がそっと後退するのを感じ、諒一はシーツに突っ伏していた顔を上げた。腰をくねらせて追いかけたが一瞬遅く、ぬらりと抜き取られてしまう。

「やめちゃ…、やだ……」

「でも……これ以上しては、あとで後悔なさるかもしれません」

振り返ると、深津は困ったような貌をしていた。情熱と理性といった、相反するなにかが黒い瞳の中で鬩《せめ》ぎあっている。

「いいから……もっと、いっぱいして……」

快楽に蕩けた声音はとろりと甘く、無意識の媚《こび》を湛《たた》えている。深津の目の前で、発情期の雌猫のように一人で悶《もだ》えている自分が惨めで、悲しかった。それでも、体中を包んで燃え上がる欲火はいかんともしがたく、腰をうねらせて切なく訴える。

「た…すけて、くれるって言ったのに……嘘だったのか……？」

「嘘ではありません」

くすんと啜《すす》り上げると、深津が即座に否定した。

「だったら、お願い……まだ、おかしいんだ……だから……」

「——諒一さん」

押し殺した声で名前を呼び、身を屈《かが》めた深津にぎゅうっと抱きしめられる。背中越しに感じる、広い胸板の感触。

硬く張りつめた、逞《たくま》しい体躯の持ち主に、めちゃくちゃにされたい——。

これまで感じたことのない、ほの昏い欲望が突き上げてくる。いつだって深津のぬくもりが与えてくれるのは安心感だけで、こんな被虐的な感情を抱いたことはなかった。

深津のぬくもりにどきどきしたり、歪んだ欲望に囚《とら》われたり、やはり今日の自分はふつうではないのだ。

「体の力を抜いて、楽になさっていてください」

耳朶《じだ》をくすぐる吐息にさえ感じて、指を抜き取られた場所がひくんと慄く。衣擦《きぬず》れの音がして、ぐずぐずになった腰を抱え上げられた。

「……あ、…っ」

蕩けた部分に、もっと熱いものが触れる。深津の——。熱の正体に気づいて身構えるまえに、ずずっと濡れた音がして、硬い切っ先がめり込んできた。

「あ、あ……っ」

指を受け入れたときとは比べものにならない衝撃があった。体を割られる痛みに、全身が竦み上がってしまう。反射的に前のめりになって逃げようとすると、強い力で腰を摑んで、その場に縫い止められた。

「息を吐いてください。体に力を入れてはいけません」

「は…っ、ふ……」

苦痛にそそけ立った首筋に、深津の唇が落ちてくる。少し掠れた声に励まされ、詰めていた息をそろそろと吐き出した。

「そう……お上手ですね。その調子で緩めて」

「ん…っ、ん……」

前に回ってきた深津の手が、萎えかけたものをゆるゆると扱く。湧き上がる快感に気が紛れて体が弛緩《しかん》した隙に、深津がぐっと入り込んできた。

——熱くて、大きくて……どくどくしている。

体の中のもっとも敏感な部分で、深津の昂りをまざまざと感じる。ふだんの冷静で知的な姿からは想像もつかないほど、それは熱く漲っていた。

「は…っ、は、ふ……ぅ」

張り出した先端を収めたあとは、比較的スムーズに呑み込むことができた。時間をかけた挿入が、逞しい形としたたかな質量を諒一に思い知らせる。

「あ、ん……っ」

軽く揺さぶられて、最奥《さいおう》まで埋め尽くされる。深津のまとった衣服が剥き出しの肌に触れ、ぞくりとした。

「苦しいですか？」

深津の声がみっちりと密着した粘膜に伝い落ちて、甘苦しい刺激を生む。じっとしていても逞しい脈が体内から響いてきて、切ないような気持ちにさせられる。

「……おおき、くて……熱い……」

大丈夫だとかぶりを振りながら、体感をそのまま口にする。とたん、中を押し広げるようにして、深津がさらに膨らむ感覚があった。

「そんなことをおっしゃって、私を煽るつもりですか」

「あ、あ……や、おっき……」

驚きに目を瞠《みは》り、諒一はぎゅっとシーツを摑み締めた。ぞくぞくするような快感が、深津に穿《うが》たれた場所から全身に広がる。

「こわ、い……壊れちゃ……う」

お腹を突き破られそうで、怖い。ぐすぐすと甘ったるい口調で訴えると、背後で深津が忍びやかに笑う気配があった。

「大丈夫。おいしそうに、私を召し上がっていますよ」

「あつ、あ…っ」

雄芯《ゆうしん》を嵌め込まれて、限界まで薄く張りつめた花弁を指先になぞられる。そこが浅ましくひくつき、貪欲《どんよく》に喰《く》い締めるさまを、深津に見られているのだ――。灼けつくような羞恥とともに、身震いするような昂りが押し寄せてくる。

抽挿《ちゅうそう》をねだるように蠢く内奥の様子から、諒一が感じている悦楽を感じ取ったのだろう。

「あ…んっ」

わずかに退いた深津が、ぐんと勢いをつけて楔《くさび》を打ち込んでくる。総毛立つような快感が走り抜けて、諒一の声も腰も淫《みだ》らに跳ね上がった。

さきほど塗りつけられたクリームが溶け出し、深津の動きに合わせて、ぐちゅっ、ぬちゅっと耳を塞ぎたくなるような音を立てる。

ベッドの軋《きし》み、乱れた呼吸、あられもない交接音。いまの諒一にとってはなにもかもが、悦楽を倍増させる愛撫に等しかった。

「あ…っ、あ、ん…っ」

体の中を灼熱《しゃくねつ》の楔が行き来する初めての感覚に、高い喘ぎが洩れた。深津に擦られた部分から爛《ただ》れたような官能が生じ、諒一を煩悶させる。

「ここを突くと、気持ちがいいですか？」

「あん、ん…っ」

硬い切っ先で例の一点を擦られて、こくこくと首を振る。撓《しな》り返った花茎の切れ込みから、押し出されるようにしてつぷつぷっと蜜が溢れた。

「諒一さんは、とても感じやすい」

「や……あっ、あ…っ、あ…ぁっ」

違う。こんなの、薬のせいなのに。しかし、けしかけるような抽挿に、否定しようとした言葉は嬌声に変わった。より深い悦楽を求めて、熟んだ柔襞《やわひだ》が貪婪《どんらん》に蠢いている。

「あっあ、あっ、あ…っ」

淫奔《いんぽん》に弾む腰を押さえつけて、深津が抜き差しを繰り返す。深く貫いたまま、円を描くように揺すり上げられると、あまりの愉悦に視界が妖しく明滅した。

「は…っ、や、も…う、……い、く…っ」

急速に射精感が高まり、無意識のうちにさきほど教えられた言葉が口を衝いて出ていた。最奥に猛りきった刃《やいば》を突き立てられ、眩《くら》むような快感に頭の中が白熱する。

「い…い、く……いっちゃ……あ、あ…っ」

振り絞るような嬌声を上げて、何度目になるのかわからない絶頂に達する。びくんびくんっと腰が震え、白濁を吐き出す。

極まりに収縮する粘膜に引き絞られ、腰を摑み締める深津の手に力がこもる。背後で息を詰める気配があって、ぐっと大きく膨らんだ体内の熱が激しく爆ぜた。

「あ、ん…っ、や……ま、た……」

最奥に灼熱の飛沫《ひまつ》を叩きつけられ、諒一の背中がぎりぎりと反り返った。

射精のあいだも情熱的な律動を刻みながら、深津が断続的に噴き上げる放埓《ほうらつ》を奥の奥まで送り込もうとする。内壁をねっとりと濡らされる淫靡《いんび》な感覚に引きずられ、諒一は立て続けに極めた。

「あ……あ……」

シーツに突っ伏し、虚脱したような喘ぎを洩らす。ぼんやりと霞んだ意識の中で、諒一は深津を食《は》んだ自身の内奥が、放たれたものを吸り上げるように蠢いているのを感じた。

諒一になるたけ刺激を与えないよう、深津がゆっくりと繋がりを解く。彼が出ていってしまうと、そこにぽかりと空洞ができた気がした。

淋しい。深津のぬくもりが離れてしまうことが、こんなにも淋しいなんて。

熱い息をついていると、そっと体を返され、ベッドに横たえられた。

「痛むところはありませんか？」

気遣わしげに訊ねる深津のほうが、どこか痛いかのような貌をしていた。眉間にくっきりと皺を刻み、昏く翳ったまなざしをしている。

——どうして、そんなに切なそうな貌をしているのだろう。

「諒一さん？」

「……大丈夫」

そう答えたけれど、胸が締めつけられるように痛かった。まるで、深津のまなざしに宿った切なさが乗り移ったみたいだ。

濡れた睫毛を瞬かせていると、深津が顔を寄せてきた。

もしかしたら——。

だが、今度こそという諒一の期待も虚《むな》しく、深津の唇は目許に触れた。

こめかみ、頬とキスが落ちてくる。なのに、唇には決して重ねられなかった。

——どうしてキスしてくれないのだろう。

冷ややかな失望が押し寄せてくる。疲労と眠気もあって、諒一はそれ以上、意識を繋ぎ止めておくことができなかった。

4

――深津？

そろそろ通夜がはじまる時刻とあって、広間には親族や弔問客が集まっている。だが、深津の姿がどこにも見当たらなかった。父のそばにもいない。

ふと思い立って、傘を手に庭へ出た。

外は、母の死を悼《いた》むかのように冷たい霧雨が降っている。

紅葉が終わった庭木のもの寂しい様子が、母を喪《うしな》った悲しみをいや増す。

しばらく歩くと、案の定、樹々の隙間から黒い喪服姿が見えた。東屋《あずまや》から池辺を臨むこの景色は、母がもっとも好んだ場所だ。

深津は傘も差さず池辺に佇み、降りしきる雨粒が無数の紋様を描く水面をじっと眺めていた。昏く、沈痛なまなざしで。

声をかけようとして、深津の横顔を伝うものに気づいて立ち竦んだ。

雨なのか、それとも、涙なのか。眼鏡の隙間から覗く端整な横顔を、一筋の滴《しずく》が伝い落ちるのが見えた。

――泣いているのか……？

母の強い希望で菱川家に引き取られた経緯から、深津はとりわけ彼女に深い感謝を抱いていたようだ。それは、母に接する態度にも如実に表れていた。

もしかして深津は、母のことが好きだったのだろうか。

そう思ったとたん、鋭利な針で刺されたように胸がちくりと痛んだ。

雨の降りしきる庭で一人、深津は母を偲《しの》んでいたのだろう。池辺に佇む深津からは痛いほどの悲しみが漂っていて、声をかけるのがためらわれた。

でも、だからといって、深津が母に恋愛感情を抱いていたとは限らない。深津が彼女を慕っていたのは、感謝と好意からだ。

初めて深津の涙を見たせいで、ずいぶん動揺しているらしい。我ながら、馬鹿げたことを考えたものだ。

深津に気づかれないように、この場を立ち去ろう。あとずさったとたん、傘を枝にぶつけてしまい、物音に気づいた深津がこちらを振り返った。

冴《さ》え冴《ざ》えとした瞳が、かすかな潤みを帯びている。立ち竦む諒一の姿を認め、深津はふっと微笑んだ。胸が痛くなるほど、やさしいまなざしで。

『……お通夜がはじまりそうだから、呼びにきたんだ』

見てはならないものを、盗み見したような気分だった。気まずくて、つい言い訳がましい口調になってしまう。

『申し訳ありません。少し考えごとをしていました』

諒一に歩み寄ってくる深津は、すでにいつもの彼だった。もの思いに沈んだ瞳は怜悧な輝きを取り戻し、穏やかな表情にはなんの翳りもない。涙に見えたのは、やはり雨滴だったのだろうか。

『濡れるよ』

額を雨滴が伝うのを見て、傘を差し出す。喪服の肩先は、すでにしっとりと濡れていた。

『私は大丈夫です。諒一さんのほうが濡れてしまいます』

『いいから』

強引に傘を差しかけると、深津が吐息だけで小さく苦笑した。

『諒一さんは、子供のころからご自分が持っているものを、惜しみなく分け与えようとする方でしたね。覚えていますか？　初めてお会いしたときに、クッキーをくださったのを』

ふいに子供のころのことを持ち出され、諒一は鼻筋に皺を刻んだ。割れたクッキーなどを差し出した子供の自分が、いまとなっては気恥ずかしい。

『……あんな昔のこと、よく覚えてたな』

『忘れません。絶対に』

『――』

深津はやけに熱っぽい目をして、きっぱりと言い放った。見つめられているだけで、視線の熱が伝染したように頬がじわりと熱くなる。

どうしたのだろう。深津の涙を見て、動揺しているせいだろうか。鼓動まで速くなって、諒一は自分の反応に戸惑った。

『さあ、戻りましょう』

『うん』

傘を握った手の上から、深津が手を重ねてくる。

その手は、初めて会ったときと同じようにあたたかかった――。


ぬくもりを求めて伸ばした指先が、虚しくシーツを掻く。

――深津……?

深津の手を握っていたはずなのに。違和感をきっかけに、眠りに囚われていた意識が覚醒《かくせい》する。のろのろと目を開けると、見慣れない部屋が視界に飛び込んできた。深津に手を握られた感触が残っているだけで、部屋の中に深津の姿はない。中央のベッドに、諒一は一人で横たわっていた。

ここはどこだろう。

夢と現実が渾然となり、ぼんやりと天井を見つめる。頭がどんよりとして、重い。

カーテンの隙間から、薄明かりが射し込んでいる。窓を打つ、かすかな雨音。夢の中でも、雨が降っていた。

しだいに意識が鮮明になるにつれ、昨日の出来事を思い出した。そうだ。ここは、深津のマンションだ。

深津の助言を無視して福原と会い、騙されて料亭に連れ込まれた。怪しげな薬の入った酒を飲まされ、服を脱がされて――あわやというところで、深津が助けにきてくれたのだ。

『恥ずかしがることはありません。薬のせいです。諒一さんのせいではありません』

『薬の効果が治まるまで、私が何度でも受け止めますから』

媚薬によって昂らされた体を、深津がどうやって宥《なだ》めてくれたのかをつまびらかに思い出し、耳朶までかあっと熱くなった。茹で上がったような頭の中に、自らの痴態が切れ切れに浮かび上がる。

『あつ、い……たす…けて……っ』

『やめ…ちゃ、や…だ……』

手や口で自身を愛撫されただけでは足りなくて、とんでもない場所を慰めてもらった。女の子のような声を上げて、甘ったるく泣き喘いで。発情期の雌猫のようにもっと、と腰を振っていやらしいことをねだったのだ。

深津に、抱かれた。

いまさらながらことの重大さを実感し、体の深い部分から身震いが湧いた。わけのわからないことを叫びそうになり、震える指で口許を覆う。

どうしよう、と混乱しながら寝返りを打っただけで、腰の奥が軋むように痛む。

「……っ」

生々しい体感とともに、深津を受け入れたときのことが蘇る。おかしくなりそうなほど感じる場所を抉られて、放埒を叩きつけられたときの、全身が蕩けるような愉悦――。

昨夜の淫らな熱がぶり返すような錯覚がして、諒一はぎゅっとシーツを摑み締めた。

皺くちゃになっていたシーツは新しいものに取り替えられ、いつの間にか寝間着を着せられている。深津のものらしく、やはり一回り大きい。寝間着に触れる肌は、さらりと乾いていた。

昨夜は、途中から記憶が曖昧《あいまい》だ。たぶん、意識をなくしてそのまま眠ってしまったのだろう。そのあいだに深津が世話を焼いてくれたのだと思うと、よけいいたたまれなくなった。

なにもかもがショックで、気持ちが追いつかない。深津にどんな貌をして会えばいいのだろう。

だって、こんなことになるなんて思わなかった。

体の中枢を初めて経験する欲火に炙られて、苦しくて、切なくて。助けてほしい一心で、深津にすがった。

死にそうなほど恥ずかしかったけれど、後悔はない。最後まで体を繋げたこともだ。

誰も知らない、冷静な貌の下にある深津の情熱に触れたようで嬉しかった。事件以来、ぎこちなかった深津との距離が縮まった気がする。

でも、深津は違ったのかもしれない。こめかみや目許にキスしてきたときの、苦しげな表情をうっすらと覚えている。母が亡くなったときの夢を見たのも、きっとそのせいだ。

いったい深津は、どんなつもりで自分を助けてくれたのだろう。

菱川家から受けた恩義や、諒一のお目付け役だったころの義務感の名残、苦しむ諒一に対する同情や憐憫《れんびん》。あるいは、諒一を守りきれなかった罪悪感もあったのかもしれない。

そういった理由があったとしても、あれは過ぎた行為ではなかったのか。介抱や治療という範疇からは逸脱していると思う。

まさか、本当に深津は母のことが好きだったのだろうか。彼女によく似た諒一が苦しんでいるのを見かねて、それでつい――。

違う。そんなこと、あるはずがない。昔の夢を見たせいで、またおかしなことを考えてしまったようだ。

だが、最後に目にした深津の苦しげな表情が、抜けない棘のように突き刺さっている。

浅ましい醜態を晒した後悔と、やるせない胸の痛みに苛まれて、ぎゅっと枕にしがみつく。

ふいにドアが控えめにノックされ、諒一は枕を抱えたまま固まった。

まだ寝ていると思ったのだろう。諒一の応答を待たず、ドアが静かに開いた。顔を合わせる心構えができないうちに、深津が入ってくる。

諒一が起きているのを見て、深津は少し驚いた貌をした。

「おはようございます」

「……おはよう」

弾かれたように視線を逸《そ》らし、ぼそぼそと返す。枕にしがみついていた間抜けな姿を見られたせいで、よけい気恥ずかしかった。

「体調はいかがですか？　頭痛や吐き気がしたり、……痛んだりしませんか？」

深津が言いにくそうに訊ねたのは、媚薬《びやく》の後遺症はもちろん、昨夜の行為によって諒一の体が傷ついていないか、心配だったからだろう。

腰がだるくて、深津に穿たれた場所がまだじんわりと疼いているけれど、痛いというほどではない。それ以外は、頭が少し重いくらいだ。

「なんともない」

「それはよかったです」

深津がほっとしたように息をつく気配があった。

「私は出勤しますが、諒一さんはお休みなさってください。朝食の準備ができておりますので、召し上がれるようでしたらどうぞ」

今日は金曜日で、会社があるのだ。はっとして顔を上げると、深津とまともに目が合った。

諒一とは対照的に、すでにきっちりとスーツを着込んだ深津は、なにごともなかったかのように落ち着き払っている。漆黒の双眸は穏やかに凪《な》ぎ、昨夜、垣間《かいま》見えた激情の名残すらない。

あまりにも深津が冷静なので、一瞬、昨夜の出来事が夢だったのではないかと思ったくらいだ。

「深津……その、昨夜のことだけれど、……」

勇気を振り絞って切り出すと、深津は即座に手で遮るそぶりをした。つかつかとベッドに歩み寄ってきて、深々と頭を下げる。

「昨夜は、申し訳ありませんでした。出すぎた真似をいたしました」

「出すぎたって……」

謝罪されるとは思わず、諒一は目を瞠って深津を見上げた。冷静な仮面の下から、痛切な悔恨を湛えた表情があらわになっている。

「いくら必要に迫られたとはいえ、あんなことをすべきではなかった。いまさらですが、後悔しています」

「……後悔、しているのか……？」

「はい」

自分を助けたことを？　それとも、最後まで体を繋げたことを？

どちらにせよ、ショックだった。後悔という言葉が鋭利な刃物となって、諒一の胸を深々と抉る。

なにも言葉が出なくて、傷ついたまなざしで見つめていると、深津の表情が苦悩の色を増した。

「ご安心ください。桐野はああ見えて口の堅い男ですし、もちろん私も誰にも他言いたしません。忘れるようにいたします」

そんなことを心配しているんじゃないのに。忘れる、という深津の言葉が、悲しかった。

深津にとって昨夜のあの行為は、仕事の延長か、慈善事業のようなものだったのだろう。そこにあったのは同情や義務感で、諒一自身に対する特別な感情ではない。

わかっていたはずだ。けれど、昨夜の深津があんまりやさしかったから、錯覚しそうになった。

誰よりも大切にされて、愛されているのではないかと。

義務感や罪悪感からではなく、深津の個人的な感情の表れだったと思いたかったのだ。

でも、違った。

だから、こめかみや髪にはキスしてくれたのに、唇にはしてくれなかったのだ。唇へのキスは、恋人へのものだから。

ただの同情から慰めてくれたのだと思い知らされて、全身から力が抜けていくような激しい失望に襲われた。ベッドに座っていなければ、床に頽《くずお》れていただろう。

「……わかった。僕も、忘れる」

自分の声が、他人のもののようだった。嘘だ。忘れられるはずがない。心の中では、もう一人の自分の声が響いていた。つんと鼻の奥が軋むのを堪え、謝罪の言葉を告げる。

「面倒をかけて、悪かった。これからは自重《じちょう》する」

レンズの奥の双眸がじわりと見開かれ、深津はなにか言いたげな貌になった。しかし、ためいを無理やり振り切るように、表情を改めて冷静な口調で告げる。

「医薬品事業部門の売却を巡って、我が社は現在、難しい局面に差しかかっています。福原会長のように花菱を欲する連中が、あなたを利用しようと考えてもおかしくありません。ご自身の立場をよく弁えられて、くれぐれも慎重に行動なさってください」

追い討ちをかけられた気分だった。

深津が大切なのは諒一ではなく、花菱なのだ。あるいは、自分が手に入れた役員の地位かもしれない。

料亭に助けにきてくれたのは、諒一の身が心配だったからではなく、福原に弱みを握られ、花菱が不利益を被ることを恐れたからだ。

父の逮捕で創業者一族の権威が失墜したとはいえ、諒一は菱川家の直系で、社内では後継者と見なされていた。それを利用しようと考える連中がいてもおかしくない。

もう失望することなどないと思っていたのに、落胆が波のように押し寄せてくる。

「これからは、気をつける」

感情を抑えようとするあまり、抑揚に欠けた口調になった。

深津もまた、感情の窺えない貌で頷く。鼓動さえも一つに溶け合った昨夜の出来事が夢だったかのように、二人のあいだにはよそよそしい空気が漂っていた。

「では、行ってまいります」

「待って。僕も、いっしょに……」

こんなことで会社を休むわけにはいかない。慌てて床に足をついたとたん、かくんと膝が砕けた。すばやく深津の腕が伸びてきて、諒一の体を支える。

「っ……」

逞しい腕の感触に昨夜の記憶が蘇りそうになり、諒一はびくんと竦み上がった。驚いただけだ。深津に触れられるのが嫌だったからではない。

「申し訳ありません」

だが、体を強ばらせた諒一の反応を勘違いしたらしい。深津は目を伏せて謝罪すると、丁重だが、他人行儀なしぐさで諒一をベッドに座らせた。

「今日は無理をなさらず、休んでいてください。なにかあれば、すぐ連絡を」

「うん。……そうする」

諦めるしかなかった。この調子では、出勤しても仕事ができそうにない。それに、深津と顔を合わせて仕事をする自信がなかった。

部屋の中にあるものは自由にしていいことや、フロントにケータリングサービスを依頼できることなどを細々《こまごま》と説明し、深津がようやく部屋を出ていこうとする。

「失礼します」

ドアを閉める瞬間、心配そうな一瞥をよこしたが、深津はそれ以上なにも言わなかった。足音が遠ざかっていき、玄関のドアが閉まる音がして静かになる。

やっと、わかった。

息もできない静寂のなか、激しい喪失感とともに自分の気持ちを自覚する。

深津が義務感や同情だけから、助けてくれたのだと知ってこれほど落胆しているのは、それ以上の気持ちを期待していたからだ。

そもそも、深津でなければ、助けてほしいとすがらなかっただろう。

信頼を裏切られ、耐えがたい苦しみを与えられたのに、深津に触れられるのは嫌じゃなかった。意地悪なことを言われたり、恥ずかしいことをされても、福原に触れられたときのような激しい嫌悪感はなかった。

昨夜の甘苦しい、胸を締めつける感情は、媚薬のせいなどではない。深津が好きだからだ。その証拠に、媚薬の効果が消えたいまも、深津のことを考えるだけで胸が苦しくなる。

父を告発した行為が赦しがたい背信と思えたのも、深津の変化が悲しかったのも、キスしてほしいと思ったのも——深津が好きだったからだ。

そばにいてくれるのが当たりまえになっていたから、気づかなかった。いつからかはわからないくらい、深津が好きだったのだ。

けれど、深津にとって、諒一はいまだ世話の焼ける子供でしかない。八歳年下で、しかも同じ男。決して恋愛対象にはなりえない。

きっと深津は、同情からそんな相手に手をつけた自分が赦せないのだ。諒一にとっては甘いぬくもりに満たされた昨夜の出来事も、深津にとっては後悔しか残らない、過ちでしかないのだろう。

好きだなんて、気づかなければよかった。

だって、この恋が成就する可能性はゼロに等しい。

太腿の上に置いた拳をぎゅっと握り締める。その程度では胸の痛みを紛らわせず、再びベッドに潜り込んだ。いまは体の痛みよりも、胸の痛みのほうが切実だった。

視界が滲んで、涙が零れ落ちる。こういうのも、失恋というのだろうか。

二十四歳の男が、報われない恋心を持て余して泣くなんて滑稽だと自分でも思うけれど、溢れ出した涙を止められなかった。

深津が帰ってくるまでに、ここから出ていこう。週末を挟めば、来週顔を合わせるときまでには、ふつうに振る舞えるはずだ。

だから、いまだけはこの胸の痛みに浸らせてほしい。

深津の残り香がかすかに漂うベッドで、諒一はひたすら泣き続けた。


「三階のミーティングルームにいますから、なにかあったら連絡を」

口早に言い置いて、深津は慌ただしくオフィスを出ていった。やっと役員室から出てきたと思ったら、話をしようにも取りつく島がない。

一人になったとたん、張りつめていた緊張が緩んでため息が洩れる。

決して合わない目線、よそよそしい会話。

週明けから三日、深津とのあいだには気まずい空気が漂っていた。書類を受け渡す際など、諒一の手に触れないよう、慎重に避けているのが窺える。

あの夜の出来事をなかったことにしたいのだろう。深津のよそよそしい態度は、過ちを早く忘れたいという気持ちの表れに思われた。

上司と秘書として接し、互いの領分を侵さない。深津がそう望むのなら、諒一も従うしかなかった。

深津を「取締役」と呼び、敬語で接する。父の秘書を務めていたころの深津の言動をなぞりながら。

以前のような気の置けない関係にも戻れず、深津への想いも報われないのなら、せめて仕事で認められたかった。

花菱を守るとか、立て直すなどということは、いまの自分には無理だ。できることといったら、勾留中の父を励ますことと、完璧な秘書になれるよう努力することしかない。

とにかく、一方的に庇護される対象から抜け出したかった。深津の手を煩わせるような真似は、もう二度としたくない。

これまでの自分は、世事にも疎ければ、他人の感情はもちろん、自分の感情にも鈍かったのだと思う。

だから、福原の邪な気持ちに気づかず、うかうかと誘いに乗って、深津の手を焼かせたのだ。

おまけに、いまになってようやく深津が好きだったと気づくなんて、鈍いにもほどがある。

性懲りもなく胸が痛んで、諒一はスーツの上から心臓のあたりを押さえた。

先週の金曜日、深津と鉢合わせしないうちにと自宅に逃げ帰ったあとは、自室に引きこもって過ごした。

十九年前に深津がやってきた日のことから、いっしょに過ごした子供のころの思い出、父が逮捕されたときのこと。

思うさま追想に浸って深津への想いを吹っ切ろうとしたけれど、たった三日間では無理だったようだ。

何年もかけて、自分でも知らないうちに好きになっていて。報われないからといって、気づいたばかりの恋情をそう簡単に断ち切れるものではなかった。

いつかこの想いが消えるまで、深津に気づかれないように振る舞うしかない。報われない片恋の相手と、毎日顔を合わせるのはつらいけれど。

仕事の続きに取りかかったところで、ドアがノックされた。深津が忘れものでもして、戻ってきたのだろうか。

「こんにちは」

緊張ぎみに応答した諒一の前に現れたのは、桐野だった。明るいオレンジのシャツにスタイリッシュなスーツという出《い》で立ちは、やはり役員には見えない。

まともに顔を合わせるのは、先週の一件以来だった。いつもは週に三日は花菱のほうに出社している桐野だが、ほかの案件でトラブルがあったとかで、今週は廊下で一度擦れ違っただけだ。おかげで、助けてもらったお礼を言いそびれたままになっている。

「このあいだは、ありがとうございました。ご迷惑をおかけして、……」

「いいよ、そんな改まらないで」

椅子から立ち上がって頭を下げようとすると、桐野がぶんぶんと左右に手を振って遮った。鋭く整った顔立ちは一見近寄りがたいが、言動は実にくったくがない。

「その後、体調はどう？　なんともない？」

「はい。おかげさまで」

「よかったね。それにしても、噂には聞いていたけど、とんでもないスケベ爺《じじい》だよね。外面はいいから、よけいたちが悪い」

桐野には、福原に媚薬を盛られたことも、深津に介抱されたことも知られている。さすがに最後の一線を越えてしまったことまでは知られていないだろうけれど、いまさらながらに恥ずかしくて、頬を熱くしながら「ありがとうございました」と頭を下げた。

「あの……取締役は、経営企画部の田島《たじま》部長と打ち合わせ中なのですが……」

「いいの、いいの。あいつがいないときを見計らって来たんだから。ほら、ちゃんとノックしたでしょ」

ノックをせずに突然押しかけるのは、深津への嫌がらせだったらしい。桐野の飄然《ひょうぜん》としたもの言いがおかしくて、思わず笑みが零れた。

「いいね、諒一くんの笑顔。初めて見たよ」

「そ……そうですか？」

そんなに無愛想だったろうか。オフィスだというのに、親しげに名前で呼ばれることを気にしながらも、諒一は自分の言動を顧みて首を傾《かし》げた。

「うん。笑ってはくれるんだけど、表情が硬いんだよね。まあ、俺はサンライズから派遣されてきた人間だから、警戒されるのも無理はないんだけど。ただ、ちょっとね、嫌われてるのかなあと胸が痛んでさ」

「すみません。桐野さんを嫌っているわけではないんですけれど……」

「でも、サンライズ・キャピタルは嫌い？」

「……」

直截《ちょくさい》な問いかけをとっさに否定できず、暗黙のうちに肯定してしまう結果となった。

「ごめん。揚げ足を取るつもりじゃなかったんだ」

「いえ……僕のほうこそ」

気まずくかぶりを振ると、桐野がふふっと苦笑した。

「諒一くんがそう思うのも当然だよ。サンライズ・キャピタルといえば、一時期はバルチャーファンドの代名詞だったし、花菱にかかわった経緯も、福原会長に言わせれば、火事場泥棒みたいなもんだしね」

でもね、と桐野が吊り上がりぎみの瞳をきらりと耿らせた。

「どんな経緯だったにせよ、花菱は絶対に再生させる。俺はそのつもりで取り組んでるし、それは深津も同じだよ。君はあいつに裏切られたと思ってるかもしれないけれど、もう少し気長に見てやってくれないかな。そのうち、きっとあいつの真意がわかるから」

「深津の……真意ですか？」

桐野の親しみやすい口調につられて、深津を「取締役」ではなく、名前で呼んでしまう。

「あいつがなにも言わない以上、俺からは詳しく言えないけれど、とにかくあいつは花菱と君のことを第一に考えている」

「会社はともかく、僕のことはわがままで、やっかいな子供だと思っていますよ」

今度は諒一のほうが苦笑する番だった。だが、桐野のほうは至って真剣だ。

「君が料亭に連れ込まれたと知ったときのあいつの貌を、見せてあげたかったたな。長いつきあいだけれど、あんなに泡喰った貌を見たのは初めてだよ」

自分の身を心配してくれたのだろうか。諒一が福原に弱みを握られ、花菱に損害を与えることを心配したのではなく——？

いや、違う。深津が大切なのは諒一ではなく、花菱と役員の地位だ。桐野の言葉にまたしても儚《はかな》い期待が頭をもたげるのを感じ、諒一は薄く自嘲した。

「深津のアドバイスを無視してああなったから、責任を感じたのかもしれません」

桐野がどこか痛ましそうな貌になるのを見て、しまったと思った。深津への想いに気づかれたくなくて、話題を変える。

「桐野さんは、深津とは大学の同級生だったんですよね」

「本当はもっと昔からのつきあいなんだけれどね」

「中学や高校ですか？」

「知りたい？」

逆に身を乗り出して訊ねられ、諒一はいささか鼻白んだ。もっと昔というなら、小学校とかだろうか。

「ずいぶん思わせぶりですね」

「デートしてくれれば、深津の過去を教えてあげるよ」

悪戯っぽく目を細めた表情から、揶揄われているのは明白だった。

「お断りします」

「ガード固いなあ」

桐野が残念そうに肩を竦める。けれど、その目は笑っていた。

「さて、深津が戻ってこないうちに退散するよ。君を口説いたことを知られたら、どんな仕打ちをされるかわからないからね」

じゃあね、と掌をひらひら振りながら、オフィスを出ていく。

賑やかな人だな、と思わず苦笑が洩れる。諒一を気遣って、様子を見にきてくれたのだろう。桐野の軽口のおかげで、落ち込んでいた気分が少しだけ軽くなった。

深津のよそよそしい態度に、自分で思っていたよりも傷ついていたようだ。

いつまで続くのだろう。深津とのあいだに張りつめた空気が、諒一の肩に重く伸しかかっている。

あの夜の出来事を、深津への想いを、忘れられるだろうか。

だって、まだ覚えている。こめかみに押し当てられた唇の熱さも、肌を辿った指の感触も。繊細で濃厚な愛撫を思い出しかけただけで、体の奥深くがぞくりとした。

――いけない。

震え上がるようにかぶりを振り、自分の腕をぎゅっと抱きしめた。生々しい体感とともに肌に刻まれた、深津のぬくもりを記憶の隅に追いやる。

机につくなり、今度は電話が鳴り出した。今日はずいぶんとせわしない。

直通の電話は、父の弁護を担当している顧問弁護士の伊達《だて》からだった。開口一番、弾んだ声で用件を切り出す。

『お父さまが保釈されますよ、諒一さん』

「本当ですか……？」

同時に逮捕された役員や公認会計士が次々に保釈されていくなか、父は容疑を一部否認していることもあり、弁護士以外の接見すら赦されない状態が続いていた。そのため、保釈はまだ難しいだろうというのが、伊達の見通しだったのだ。

『ええ、本当ですとも。明日にはお父さまにお会いになれますよ』

伊達の力強い答えに、ようやく実感が湧いてくる。父に、会えるのだ。

「……よかった」

目許が熱くなって、「ありがとうございます」と言うのが精一杯だった。

5

最寄り駅から少し離れた、山の手の古いお屋敷街に菱川家はある。延々と続く石塀、こんもりとした樹々。広大な敷地とあいまって、一つの小山のようだ。

緩やかな坂を上ると、ブロンズ像で飾られた門が見えてくる。玄関までは、レンガ敷きの長いアプローチが続く。急いでいるいまの諒一には、恨めしくなるほどの距離だった。

「お帰りなさいませ」

「ただいま」

玄関先で家政婦の浜島に迎えられる。かつては何人もいた住み込みの家政婦も、いまでは浜島一人になってしまった。

すっかり白くなった髪をきちんと結い上げた浜島が、諒一を見つめて目尻の皺を深くする。夫と死別し、実子のいない彼女にとって、諒一は実の息子か、孫のようなものなのだ。

深津のことも、我が子のように可愛がっていた。いまも深津の部屋の掃除を欠かさないのは、深津が戻ってくることを期待しているからかもしれない。

「旦那さまがお帰りです。書斎でお待ちですよ」

浜島の目尻にうっすらと涙が滲んでいるのを見ると、諒一もまた胸が熱くなった。着替える時間も惜しくて、スーツ姿のままで父のいる書斎に向かう。

今日の午後、父の達明は三千万円あまりの保釈金と引き換えに保釈された。六十歳を手前にした父にとって、二ヵ月以上に及んだ勾留生活はさぞつらかっただろう。

書斎のドアをノックすると、「入りなさい」という父の声がした。

「父さん……」

言いたいことはたくさんあるのに、父の貌を見たとたん、なにも言葉が出てこなくなった。かわりに、涙が溢れそうになる。

父もまた感慨深そうに諒一を見つめ、目を潤ませた。

「迷惑をかけたな。元気だったか」

「お父さんこそ……」

元気そうで、とは続けられなかった。

がっしりとした顎のラインは削《そ》げ、目許の皺は深くなり、髪には白いものが増えている。それらが、勾留生活の過酷さを物語っていた。高血圧ぎみの父が、勾留中に著しく体調を崩さなかったのは不幸中の幸いというものだろう。

「帰ってきてくれて、よかった。伊達先生から、保釈はまだ難しいかもしれないと聞いていたから……」

「保釈されたのは、伊達先生のおかげだ。おまえからも、ちゃんとお礼を言っておいてくれ」

「うん」

「さあ、食事にしよう。浜島さんが、腕によりをかけて私の好物を作ってくれたそうだ」

軽く肩を叩かれて、ダイニングルームへ促される。そっけないしぐさだったけれど、父のぬくもりが伝わってきて、ますます目が潤んでしまう。

浜島も加わっての夕食は、和やかなものだった。刺身や天ぷら、煮物といった、父の好物が食卓に並ぶ。

「自宅にまで家宅捜索が入るとは思わなかった。おまえたちも驚いただろう」

解放感からか、父は珍しく饒舌《じょうぜつ》だった。

「僕が子供のころからお年玉を貯金していた通帳まで、押収されたんだよ」

「それはひどいな」

勾留中の出来事などをあれこれ話しながらも、ここにいるべきはずの深津の姿がないことには決して触れない。諒一も深津の話題を避けて、明るく振る舞った。

父が改まった面持ちで切り出したのは、食後、リビングで二人きりになってからだった。

「おまえに話しておかなければならないことがある。――今回の事件のことだ」

いよいよだ。覚悟を決めて、諒一は父に向き直った。

「マスコミがいろいろ報道したけれど、僕は父さんを信じている。大丈夫だよ。伊達先生なら、きっと裁判で無実を……」

「違うんだ、諒一」

「――違うって……？」

なにが違うのだろう。わからなくて鸚鵡《おうむ》返しにすると、父の顔が苦しげに歪んだ。水割りのグラスを握り締めた指先がしろくなり、力強いまなざしがためらうように揺れる。

ふいに水割りをテーブルに置くと、父はいきなり頭を下げた。

「おまえを騙していたんだ。すまない」

謝罪されて、諒一は愕然とした。仕事でもワンマンだった父は親子関係においても同様で、間違っても子供に頭を下げるような人ではなかったからだ。

「父さん？　よしてよ、そんな」

ゆるゆると頭を上げた父の表情は、耐えがたい罪悪感に苛まれる人のそれだった。別人のような父の貌に、嫌な予感が背中を這《は》い上がってくる。

「騙してたって……なんのこと？」

「粉飾決算を行っていたのは、事実だということだ」

「――」

聞き間違えだと思いたい。

父が逮捕されても、起訴されても、ひたすら無実を信じてきた。誰がなんと言おうと、息子である自分だけは父を信じなければならないと思っていたし、諒一の知る父は他人にも自分にも厳格で、不正を犯すような人ではなかったからだ。

「嘘でしょう……？」

「本当だ。私を信じてくれているおまえには、どうしても言えなかった。父親としてのつまらない見栄だ」

すまない、と再び謝られて、頭の中が真っ白になった。父が不正に携わっていたのは、事実なのだ。

「そんな……いったい、どうして？　いつから……」

信じられない、とかぶりを振ると、父の表情が苦悩の色を深くした。

「深津はいまどこにいる？　サンライズ・キャピタルが筆頭株主になって、役員になったと聞いたが」

「え……あの、いまは会社近くのマンションに住んでいるみたいだよ。父さんが逮捕されたときに、深津と諍《いさか》いになって……といっても、僕が一方的に詰っただけなんだけれど。それで、うちを出ていったんだ」

いきなり深津の所在を訊ねられ、狼狽しながら答える。恩知らずだの、裏切り者だのと言ったことは、告げられなかった。

「そうか。私に愛想が尽きたのかもしれないな」

淋しげに微笑む父の表情には、深津への恨みや憤りといったものは窺えない。むしろ、自嘲の色が濃かった。

「愛想を尽かすって、どういうこと？　そもそも、深津が検察に告発したから、父さんは逮捕されたんじゃないの？」

「それは違う」

きっぱりと否定すると、父は重いため息をついた。

「花菱がいつから決算を粉飾してきたのか、私にもよくわからない。私が社長になったときには、すでに慣例になっていたんだ」

目標を達成できなかった部門が、架空取引や循環取引などを繰り返して、売上を水増ししてきたこと。しだいに粉飾なしでは経営が成り立たなくなっていったこと――父は、苦い表情で花菱の暗部を語ってくれた。

「どうして、やめなかったんですか……？」

「債務超過に陥っていることがわかれば、銀行融資が不可能になり、上場廃止になりかねない。そのため代々の財務担当役員と諮《はか》り、赤字を黒字に、債務超過を資産超過に粉飾してきたんだ」

皮肉なものだ。会社を守ろうとして誤った道を進み、もっとも恐れていた上場廃止の事態に至ったのだから。

「私の秘書になってしばらくして、深津は決算の矛盾に気づいたらしい。数年に亘って経理を調べ上げ、決算書を洗い直し、粉飾をやめるようにと迫った。こんなことをしていれば、いずれ会社は立ちゆかなくなる、負の遺産ごと花菱を諒一に継がせるのかと、それはもうすごい剣幕でな。花菱の将来と、いずれ花菱を背負うおまえのためを考えてのことだったのだろう。……だが、私自身ではどうしても腐食の連鎖を断ち切ることができなかった。私も、ただの弱い人間の一人だったというわけだ」

視線を伏せ、父が自嘲する。

「じゃあ……深津は、父さんを裏切ったんじゃなかったの……？」

「裏切ったというなら、私のほうだ。あれは公私の別なく尽くしてくれたのに、私ときたら、粉飾になど手を染めていたんだからな」

ふっと落ちたため息にも、真摯な後悔がありありと滲んでいた。

「検察に告発したのは、深津だと思ってた……」

「検察が花菱を内偵しているという話は、昨年から耳にしていた。深津が私に詰め寄ったのは、そのあとだ。いずれにせよ、いつかは明らかにしなければならない問題だった。このままいけば花菱は間違いなく破綻《はたん》していただろうし、もし隠し通したとしても、今度はおまえを苦しませることになっただろう。深津は、それを危惧《きぐ》していたんだ」

「――そうだったんだ……」

自分はとんでもない思い違いをしていたようだ。父が逮捕された日の、深津との会話を改めて思い出す。

『こうなった以上、真実を偽ることはできません』

係官に両脇を挟まれて、任意同行される父に追いすがろうとした諒一を、深津は冷静に押し留めた。父の罪を確信しているかのような態度で。

それまでは、自分と同じように父の無実を信じているのだとばかり思っていたから、深津の変貌がショックだった。

『どういうことだ？　こうなることが、わかっていたとでも言うのか？』

『はい。何年にも亘って粉飾が行われていたことも、社長が指示されていたことも、私が知っていることはすべて、検察に話しました』

『おまえが、検察に父さんを告発したのか……？』

どこか悲しげな表情で諒一を見つめたまま、深津は肯定も否定もしなかった。だから、深津が裏切ったのだとばかり思ったのだ。

しかも、出ていけという諒一の言葉を真に受けて、深津は菱川家を出ていってしまった。以来音沙汰なしで、いきなり呼び出したかと思えば、自分の秘書になるように命じたのだ。

『花菱のためです』

あのとき、どうして父を告発したのかと問いかけた諒一に、深津はそう答えたはずだ。

『あなたには、花菱を守る義務があります』

『諒一さんが花菱ブランドを立て直して、再生させるのです』

あれらの言葉の裏側にあったのは、花菱の将来に対する憂慮だったのかもしれない。

なのに、深津の気持ちを汲《く》み取ることができなかった。

諒一の理不尽な非難を、深津はどう思ったのだろう。反論しなかったのは、父の無実を信じる諒一を傷つけまいとしたからだったのだろうか。

「私が月王堂との事業統合を急いだのは、唯一残された自力再建の道であったのと、福原会長が我が社の事情を了解ずみだったからだ。だが、悪事を隠し通すことはやはりできないものだな」

福原会長の名前にどきりとしたが、料亭に連れ込まれた一件を打ち明けるのはためらわれた。

父は、福原のことを同窓の先輩として、経済人として尊敬している。

「いまさら後悔しても遅いが、もっと早く深津の進言を聞き入れていればよかったと悔やまれる。もはや私には花菱を立て直す力はもちろん、経営に携わる権利すらない。それよりも、私自身の罪を償うのがさきだからな」

犯した罪の重さを痛感しているのだろう、父はほろ苦く笑った。

「いまとなっては、おまえや深津が花菱を立て直してくれることを祈るばかりだ」


見上げた窓には、明かりが灯《とも》っている。

マンションの前に佇み、諒一はどきどきする心臓の辺りをコートの上から押さえた。

なんの連絡もせず、先日の記憶を頼りに深津のマンションまで来てしまった。

深津に謝りたいという、その一心で。

父にはちょっと近くまで行ってくると言っただけだから、まさかタクシーを拾って、会社近くにある深津の家に行ったとは思っていないだろう。

父の告白はショックだったけれど、一方で安堵と喜びもあった。やはり深津は、自分たちを裏切ったのではなかったのだ。

父の話を聞いて、いても立ってもいられなくなった。どうしても、今日のうちに深津に謝りたい。

父が釈放され、これで深津が家に戻ってきてくれれば、もとどおりになる。そんな期待もあった。

深津はいるだろうか。

確か会食の予定はなかったはずだがとスケジュールを思い浮かべながら、インターホンを押す。上品で凝った造り、最新のセキュリティ。改めて見ると、実に豪奢《ごうしゃ》なマンションだった。

『はい』

緊張が臨界点に達したとき、深津の声がした。インターホンのモニターを見れば、来訪者が諒一であることはわかるはずだ。

「僕、だけれど……」

『なにかご用ですか？』

父が保釈されたことは、深津も知っている。そんな日の夜に、諒一が訪ねてくるとは思いもしなかったのだろう。不審をあらわにした声音に、いますぐこの場から逃げ帰りたくなった。

だが、そんなことをすればせっかくの決心がふいになる。

「いきなりすまない。……その、話があって来たんだ」

『――』

沈黙が重かった。会ってくれないのだろうか。もう一度喰い下がろうとしたとき、深津が口を開いた。

『エントランス奥のエレベーターで、いちばん上の部屋までいらしてください』

オートロックが解除され、黒い格子の嵌まったガラス扉が開く。ロビーもエントランスも静かで広く、まるでホテルのようだ。フロントにはやはりホテルマンのような男性従業員がいて、会釈をよこす。

十二階には、深津と記された表札がかかった扉が一つしかなかった。先日はそれどころではなかったから気づかなかったが、このフロアに住むのは深津一人のようだ。

玄関に現れた深津は、帰宅して間もないのか、ベストにネクタイという格好だった。諒一をちらりと見遣り、訝しそうに眉をひそめる。退社したときと同じスーツ姿なのを、不思議に思ったのかもしれない。

しかし、怜悧な顔立ちからはそれ以上の感情は窺えなかった。諒一が押しかけてきたことを迷惑がっているふうには見えないが、かといって歓迎しているわけでもない。

「あの……」

「どうぞ、お入りください」

気後れしていると、深津がドアを大きく開き、中へと招いた。

相変わらず生活感のないリビングに通され、勧められるままにソファに腰を下ろす。ここで深津に愛撫されたときのことを思い出し、ますます落ち着かない気分になった。

そんなことなどなかったかのように、深津のほうは涼しい貌をしている。そのくせ、決して諒一の目を見ようとしない。これまでと変わらないようでいて、その実、諒一と距離を置いた慎重な振る舞いは、先週の出来事が夢ではなかった証だった。

「諒一さんがお好きな茶葉を切らしているのですが……コーヒーでもよろしいですか」

「なにもいらないから、話を聞いてくれないか」

キッチンに行こうとした深津を引き止め、テーブルを挟んで向かいあう。こんな夜更けに、しかもいきなり諒一が訪ねてきた理由がわからないらしく、深津は困惑ぎみに切り出した。

「せっかく旦那さまがお帰りになったのに、こんなところにいらしていいのですか？」

「……そのことで、来たんだ」

激しく脈打つ鼓動が耳許まで迫り上げるのを感じながら、諒一は意を決して続けた。

「父さんから、ぜんぶ聞いた。おじいさまが生きていらしたころから、粉飾決算を行っていたことも、おまえが粉飾をやめるように進言してくれたことも」

驚いたように、深津が少し眉を上げた。父は罪状を否認していたから、保釈されたからといって、諒一に真実を告げるとは考えていなかったのだろう。

ということは、深津自らは諒一の誤解を解くつもりがなかったということだ。理不尽な非難をしたことが、申し訳なくてたまらなかった。

「なにも知らなくて……父さんの無実を信じたいという気持ちばかりで、僕はなにも真実が見えていなかった。おまえのことを勝手に誤解して、家から追い出したりして、すまなかった」

「――よしてください」

謝罪しようと頭を下げかけた途中で、奇妙に凪いだ声に制止された。そこはかとない違和感を覚え、おずおずと顔を上げる。

深津は呆れたような貌で、諒一を見据えていた。

「まさか、こんなことのためにわざわざいらしたのですか？」

「こんなことじゃない。父さんから、おまえがどれほど親身に進言してくれたか聞いたよ。なのに、おまえを詰って、追い出してしまった……本当に、申し訳なかったと思ってる」

真摯な謝罪の気持ちを伝えたつもりだったが、深津は鷹揚《おうよう》なしぐさでかぶりを振った。

「諒一さんが謝る必要などありません。私が旦那さまを裏切ったことに、変わりはないのですから。私がもし本当に旦那さまに忠実だったならば、なんとしても旦那さまをかばい、かわりに自ら罪を背負ったでしょう」

「そんなの、間違ってる……！」

ぎゅっと拳を握り締め、諒一は思わず声を張り上げた。

「不正を見過ごせなかったからこそ、父さんに忠告したんだろう？　このまま決算を粉飾し続ければ、花菱がだめになるって。父さんや花菱、それに、僕のために……」

刹那、深津は唇の片端を歪め、冷然とした笑みを浮かべた。

「おめでたい方ですね。私がそんなことのために、忠告したと思ってらっしゃるのですか？」

「深津……？」

どういうことだろう。棘のある口調と露悪的な表情に戸惑い、まんじりともせず深津を見つめる。

「旦那さまに進言したのは、会社は自分のものだと思い上がった愚鈍な経営者が、花菱を存続の危機に追いやるのを見かねたからです」

「――」

初めて聞く父への辛辣《しんらつ》な言葉に、諒一は自分の耳を疑った。父が逮捕されるまで、深津は父を尊敬しているのだとばかり思っていた。

凝然と目を瞠る諒一を哀れむような表情で、深津が続ける。

「子会社を含めれば、花菱グループには膨大な数の従業員がいます。当然ですが、彼らにはそれぞれ家族があり、生活がある。花菱が倒産などという事態になれば、彼らの人生もまた影響を被《こうむ》るでしょう。先代が創業なさった当初ならいざ知らず、花菱はもう菱川家だけのものではないのです」

いくつものグループ企業を擁するまでになりながら、祖父には個人経営だったころの感覚が抜けないところがあった。

父も、そして諒一自身も、どこかで花菱は菱川家のものと思っていたのではないか。だから、サンライズ・キャピタルによる経営改革が不愉快だったのだ。

愚かな、傲慢な思い上がりだった。恥ずかしくて、消え入りたくなる。

「……おまえの言うとおりだ。父も僕も、どこかで思い上がっていたんだろう。おまえが花菱や社員のためを思って、父に……」

「それも違います」

冷ややかな声音が、諒一の言葉を遮った。

「誰のためでも、なにかのためでもない。すべて、自分の野心のためです」

「嘘だ……だって、以前、どうして父を告発したんだと訊いたら、花菱のためだと言ったじゃないか」

「本当のことを言うわけにはいきませんから」

ものわかりの悪い諒一を蔑むように、深津が薄く唇を綻ばせる。

「旦那さまの秘書をしているうちに、自ら表舞台に立ちたい、花菱を自らの手で再生させたいという気持ちが募っていきました。社長秘書などしょせん、なんの力も持たない黒子に過ぎない。そんな立場に飽き飽きしていたとき、食品部門の在庫飛ばしに気づいたのです。少し調べていけば、粉飾の事実を摑むのは簡単だった。検察から接触があったのはそのあとです」

「そのときに、検察に粉飾の事実を告げたのか……？」

「ええ。私が知る限りのことは、すべて」

落ち着き払った貌で深津が肯定する。

動機はともかく、深津の行動に非はない。会社を守るという大義名分のもと、誤った手段を選んだのは父たちのほうだ。でも——。

「粉飾決算の事実がおおやけになれば、父たちが逮捕されるだけでなく、花菱が打撃を被るのはわかっていたはずだ。それでも、自分自身のためだったというのか？」

「私自身の手で花菱を再生させたかったのです。そのためには、大がかりな外科手術が必要だった。経営トップの逮捕による一時的な打撃は、いたしかたありません」

「サンライズ・キャピタルが接触してきたのも、おまえが仕組んだことなのか……？」

「さすがにそこまでは」

否定とも肯定とも取れる、韜晦《とうかい》するような微笑。

粉飾決算の疑いが報道されたころにまっさきに接触してきたのも、父たちの逮捕後、取引銀行が融資に難色を示すなかで唯一資金援助を申し出たのも、サンライズ・キャピタルだった。

なにより、サンライズ・キャピタルには桐野がいる。今回の件がきっかけで偶然再会したというが、以前から互いの勤務先を知っていて、連絡を取っていてもおかしくない。

「菱川家にお世話になって十九年、私なりに誠心誠意、旦那さまや諒一さんにお仕えしてまいりました。至らないことは多々あったかと思いますが、このあたりで私を解放してください」

「もう、うちには戻ってきてくれないのか……？」

解放という言葉に、いかに深津が己を殺し、不自由な思いをしていたのかが表れていて、愕然とする。

「菱川家は、私の家ではありません。私がこれ以上お世話になっていても、お互い気づまりな思いをするだけです」

「――」

深津とは血が繋がっていないだけで、家族も同然だと思っていた。

誰よりも近くにいて、誰よりも自分を理解してくれて。十九年という歳月をともにして、そばにいるのが当たりまえになっていた。皮肉なことに、そのせいで深津が好きだと気づくのが遅れてしまったけれど。

しかし、それは諒一だけだったようだ。

菱川家で過ごした十九年間は、深津にとっては息が詰まるような歳月だったのだろう。伏目になった表情には、過去に対する甘やかな感傷は微塵《みじん》もなく、悔恨とも自虐ともつかぬ、苦い感情だけがあった。

恋心が報われないのなら、せめて以前のような関係に戻りたい。兄弟か、友人でもいいから。その切ない願いが叶《かな》わないどころか、信じていた絆さえも、深津によって否定されてしまったのだ。ソファから崩れ落ちそうなほど、ショックだった。

「さあ、これでおわかりになったでしょう。今夜はもう遅い。タクシーを呼びますから、お帰りください」

傷ついたまなざしをゆるゆると上げると、深津の薄い唇がつと歪んだ。

「それとも、このあいだのように慰めてほしいのですか？」

「……っ」

先日の諒一の痴態を思い浮かべるように細められた、淫蕩《いんとう》なまなざし。全身の血が一瞬で沸騰するような感覚があって、耳朶まで熱くなる。

あれは、福原に媚薬を飲まされたせいだ。諒一にしてみれば不可抗力に等しい。深津も、わかっているはずだ。

なのに、「慰める」などという言い方をされたことがショックだった。同情や憐憫で助けてくれたのだとわかっていてもだ。

「おまえのことを、見損なったよ……！」

言い放つなり、弾かれたようにソファから立ち上がる。恥ずかしくて、悔しくて、頭の中がぐちゃぐちゃだった。

玄関までいっきに抜けて、エレベーターに飛び乗る。フロントの男性従業員の怪訝《けげん》そうなまなざしに見送られ、外へと飛び出した。

——ひどい……あんなことを言うなんて……。

ふつふつと煮えたぎった頭の中で、ひどい、という単語だけが何度も繰り返されている。

怒りに任せて走り続け、息が切れてようやく足を止めた。暦上はとうに立春を過ぎても、まだまだ冷たい冬の夜風が火照った頬を掠める。その冷ややかさに、諒一はいくぶん落ち着きを取り戻した。

すでに、深津の住むマンションは影も形も見えない。会社のある界隈とはいえ、駅の反対側は不案内で、諒一には見覚えのない建物ばかりだ。

追いかけても、くれなかった。当然だ。帰れと追い出したのだから、深津が追いかけてくれるはずがない。

いったい自分は、なにを期待していたのだろう。

一刻も早く謝って、深津と和解したい。自分が謝れば、きっと深津は赦してくれるだろうという、甘えもあった。

けれど、もとどおりになりたいと思っていたのは諒一だけだったのだ。

父が逮捕された日、これまで信じていた世界が、深津の手で破壊されたと思った。だけど、その世界じたいが虚構だったのだ。

どんなことがあっても、深津とのあいだには十九年の歳月をともにした絆がある。そう信じていた絆など、最初から存在しなかったように。

『このあたりで私を解放してください』

『菱川家は、私の家ではありません』

突き放すような声が蘇ってきて、鷲摑みされたように心臓が痛くなる。無意識のうちに胸のあたりを押さえ、諒一は唇を噛み締めた。

深津が粉飾の事実を告発したのは、正義のためでもなく、花菱や社員のためでもなく、まして諒一のためでもない。

己の手腕を試したいという、野心のためだ。

そんな男だったのかと、深津を軽蔑し、幻滅すればいい。そうすれば、彼への想いも吹っ切れるだろう。

実らないとわかっている恋を後生大事に抱えているなんて、不毛だ。さっさと捨ててしまえばいい。

だが、いくら頭で考えても無駄だった。

これほど冷淡な仕打ちをされ、信頼を裏切られたというのに、深津への恋心はいまだ衰えていない。

自分自身でさえ制御できない、この感情。切なくて、苦しくて——狂おしい。

こんな感情が自分の中にあることを、初めて知った。

——どうしよう……やっぱり、深津が好きだ。

夜風に吹きつけられ、ふるりと身震いする。汗ばんだ体はすっかり冷えていた。

あの夜、自分を包み込んでくれた深津のぬくもりが恋しい。

十九年のあいだ裏切られていたのだとしても、与えてくれたやさしさが偽りだったとしても、
諒一が欲しいのは深津のぬくもりだけだった。

6

「大和《やまと》製薬の白木《しらき》専務から、来週のお約束を三十分遅らせてほしいとのご連絡がありました。前後のスケジュールに支障はありませんが、いかがいたしますか？」

「それで差し支えありません。白木専務にご連絡をお願いします」

諒一の問いに、深津がプリントアウトしたスケジュール表を見ながら頷く。

朝一番、その日のスケジュールを確認し、連絡事項を伝える決まりになっている。

今朝は顔を合わせるなり、深津はわずかに眉をひそめ、なにか言いたげな貌になった。たぶん、それとわかるほど諒一の目が紅く腫れていたからだろう。諒一自身、鏡を見てぎょっとしたほどだ。

昨夜、帰宅したのは日付が変わってからだった。ベッドに入ってからも、じんわりと涙が込み上げてきてなかなか眠れず、起きたらこのありさまだったのだ。

理由は言わずもがななので、そ知らぬふりをして仕事の用件を切り出すと、深津は諒一の気持ちを察したらしく、昨夜の出来事には触れてこなかった。

昨日なにがあろうと、仕事をしなければならない。つきつきと疼く胸の痛みから目を逸らし、諒一は秘書の貌を取り繕った。父の秘書だったころの深津の言動を、脳裡に思い浮かべながら。

「今夜の会食は、銀座の吉《よし》ざきに予約を入れておきました。――以上です」

「ご苦労さまでした」

なにしろ、昨日の今日だ。深津と顔を合わせるのはやはりつらくて、用件を終えると、そそくさと自分のデスクに戻る。

結局、謝罪して赦してもらうどころか、深津とのあいだにできた溝がいっそう深くなっただけだ。裏切られたのではなかったといったん喜んだだけに、痛手は大きい。いまはもう深津を問いただす勇気もなかった。

『それとも、このあいだのように慰めてほしいのですか？』

まるで、そういったことが目的で深津を訪ねたような言いぐさだった。そんな淫らな人間だと思われているのだろうか。

諒一を追い返すための方便だったのかもしれないが、そうまでして話を打ち切りたかったのかと思うと落ち込んだ。

それでも、深津を信じたいと思う気持ちを捨てきれないでいる。報われないとわかっている、深津への恋情もだ。

料亭に助けにきてくれたときの深津は、心の底から諒一の身を心配しているように見えた。眠りに落ちる瞬間に見た、苦しく、切なげな表情。

あれは、芝居などでできるものではない。

どうしても諒一には、深津の言動が野心によるものとは思えなかった。

ここで信じることをやめてしまえば、深津と過ごした十九年間がなかったことになる。諒一自ら、深津との繋がりを否定することに等しかった。

どんなに細くてもいいから、深津とのあいだに絆が存在すると信じたい。ともに過ごした歳月を、過去の思い出にしたくない。

またつんと鼻先が軋んで、唇を嚙み締める。あんまり打ちひしがれていては、せっかく保釈された父に心配をかけてしまう。

なにも考えたくないときは、仕事をするに限る。メールの処理や書類を集中して片づけていると、内線が鳴った。

『宮崎です。いま、深津くんはいますか？』

宮崎社長からだった。深津が取締役となったいまも、秘書だったころのように呼ぶ。深津がサンライズ・キャピタルによって役員に抜擢《ばってき》されたことを、快く思っていないのだろう。

「はい。お取り次ぎしますか？」

『いや、深津くんではなく、諒一さんにお話があるのです』

慌てたような口調が返ってきた。

宮崎は実直で穏やかな外見とは違い、なかなか抜け目のない人物だ。月王堂との事業提携を巡っては父と対立し、ほかの役員に根回しをして、反対派を増やしたと聞いている。また、父が逮捕されたとき、すばやく取締役会を招集して解任を決めたのも宮崎だ。

社長に就任してからは、社内で擦れ違うたび、零落した御曹司とさも蔑《さげす》むような視線を送ってきた。その宮崎が、なんの話があるというのだろう。

「僕……私にですか？」

医療品事業の売却先をめぐって、揉《も》めているという深津の話が頭を掠めた。宮崎社長ら役員たちの意見と、サンライズ・キャピタル側の意見が対立しているらしい。子会社に出向させられた役員が出たことから、経営陣の中にはサンライズに不満を持つ者も出ていると聞いている。

『深津くんには内密で、私の部屋に来ていただけませんか。時間は取りません』

「三十分ほどあとでしたら、お伺いできますが……」

ますます不審を深めながら、深津のスケジュールを確認をする。

『構いません。お待ちしております』


「あの男をこのまま野放しにしておいては、たいへんなことになる。どうすれば花菱のためになるのか、よくお考えください」

頭髪が淋しくなった額をてらてらと光らせ、宮崎がしつこく掻き口説く。

「だからといって、宮崎社長がおっしゃった方法が花菱のためになるとは思えません。――仕事がありますので、これで失礼いたします」

強引に話を切り上げ、諒一は逃げるように社長室をあとにした。手には、宮崎に押しつけられた書類封筒がある。

毛足の長い絨毯《じゅうたん》が敷きつめられた廊下を歩きながら、現実感が欠けていた。衝撃が大きすぎて、感覚も感情も麻痺《まひ》している。

『深津の目的は、菱川元社長と花菱への復讐《ふくしゅう》です』

頭の中では、宮崎の言葉が繰り返し響いている。彼が証拠として突き出したのは、菱川家に引き取られる以前の深津の経歴をこと細かに調べ上げた調査報告書だった。

深津の過去に関しては、母子家庭に育ち、母親が病気で亡くなったため施設に入ったということしか知らない。深津が子供のころに住んでいた家の住所、通っていた幼稚園や小学校、遠戚《えんせき》の連絡先までを記した報告書の内容が嘘だと否定するだけの知識を、諒一は持ち得なかった。

深津の父親の経営していた医薬品会社が、花菱に買収されたこと。その後、両親が離婚し、父親が駅のホームから落ちて亡くなったこと。事件を報じる、当時の新聞記事のコピーまで添えられていた。

それが、深津が十歳のときのことだ。母親は心労が祟《たた》ったのか、二年後に病で亡くなったと記されていた。引き取り手がいなかった深津が施設に入ったあとのことは、諒一が知るとおりだ。

『あの男は両親の死を逆恨みして、菱川元社長を告発したのです。今度は、サンライズ・キャピタルを利用して花菱を乗っ取ろうとしている』

諒一がなにも知らなかったことをさも同情するそぶりで、宮崎は報告書を突きつけた。

宮崎の言うことが本当なら、深津は十九年ものあいだ、復讐の機会を窺っていたことになる。

『花菱を、あの男やハゲタカなぞの好き勝手にさせてはなりません』

宮崎は諒一に、深津を退任させ、サンライズ・キャピタルを撤退させるために力を貸してくれないかと持ちかけた。後継者と目されていた諒一を味方に引き込めば、自分たちの正当性をアピールできると考えたのだろう。

経営再建がはじまったばかりだというのに、いま内紛が起これば、会社が二分しかねない。ブランドイメージがさらに悪化するだけでなく、再建も遅れるだろう。

それを理由に断ったのだが、宮崎は執拗に喰い下がった。理不尽な逆恨みを赦しておくのか、と言って。

宮崎の話は本当なのだろうか。

『すべて、自分の野心のためです』

もし報告書の内容が真実だとしたら、深津の言った野心とは、花菱や父に復讐を果たすことだったのだろうか。

混乱したままオフィスに戻ると、役員室に続くドアが開いていた。深津のほうがさきに打ち合わせから戻っていたらしい。諒一が帰ってきた物音を聞きつけて、深津が姿を現す。

「ずいぶん長い息抜きですね。私の不在中に席を外すときは、……」

咎めかけたものの、深津は諒一を見てはっとしたように口を噤んだ。

「なにかあったのですか？」

男らしい眉を寄せた深津の瞳に、気遣わしげな色が過った。

突き放すような真似をしておきながら、心配してみせる。深津の真意がわからなくて、諒一はますます混乱した。

この十九年間、深津が与えてくれたやさしさも、ぬくもりも、偽りだったのだろうか。

秘書の貌を取り繕うどころか、なにからどう訊ねればいいのかさえわからず、抱えていた書類封筒をふらふらと差し出す。

「宮崎社長から呼び出されて……、これを渡された」

「中を見ても？」

諒一が頷くのを認めてから、深津は封筒を開けた。一瞬かすかに眉根を寄せたものの、冷静な表情で、自身の子供のころの写真が添付された報告書に目を通していく。

紙を捲る音が、静かな役員室に響く。深津が口を開くまでの数分間が、諒一には何時間にも感じられた。

「よく調べてありますね」

感心したような深津の第一声に、諒一は弾かれたように顔を上げた。吸い込まれそうな漆黒の瞳にまともに射貫かれる。

「……否定しないのか？　そこに書いてあることは……」

「ええ。事実ですから」

まったくの嘘だと、否定してほしい。悪意に満ちた、でっち上げだと。しかし、諒一の希望はあっけなく打ち砕かれた。

「……嘘だろう……？」

「いいえ。ここに書かれていることは、すべて真実です」

あっさり肯定し、深津は数十枚に及ぶ報告書を諒一の机に置いた。

目を開けているはずなのに、視界がすうっと昏くなる。砂にでも吸い込まれていくように、足許が覚束《おぼつか》ない。

「だったら……父さんを告発したのは、復讐のためだったのか……？」

「以前に申し上げたはずです。自分が犯した罪は、自分自身で贖わなければならないと」

「それは、……おまえや、おまえのご家族を苦しめたから……？」

「もう遠い過去のことです」

深津は薄く微笑んで、諒一の問いを暗に肯定した。深津の言う罪とは、父が不正な決算を行ったことではなく、深津の家庭を崩壊させたことだったのだ。

「もし、父の会社が花菱に買収されなければ、私の人生は違ったものになっていたでしょう。父と母の人生も……少なくとも、父が半ば自死に近い形で死を遂げることはなかったはずです」

自死という言葉が、諒一の胸にも重く伸しかかってくる。深津の父親が亡くなった二十年あまりまえは、祖父の方針で食品、医薬品会社を買収し、化粧品以外の事業を強化していたころだ。

深津の父親の会社も、そういった買収のターゲットになったのだろう。

「私の父も、祖父の跡を継いだ二代目社長でした。小さい会社でしたが、漢方薬分野に強みを持っていましたから、花菱にはそれが魅力だったのでしょう。父は花菱に手懐けられた役員たちに裏切られ、社長の座を追われた挙句、会社を奪われたのです」

まるで、いまの父のようではないか。深津の話に、諒一は背中が薄ら寒くなるのを覚えた。自分の父親が陥れられたのと同じやり方で、深津は復讐を果たしたというのか。

「父はなんとか会社を買い戻そうとしたのですが、借金ばかりが増えていきました。そのうち、たちのよくない貸金業者が取り立てにやってくるようになり、自宅も担保に取られて……父は、母と私を守るために離婚したのです」

昔を思い出すように、深津が遠くを見るまなざしになる。表情も声音も淡々としているだけに、昏く翳った瞳がいまだ癒えない傷の深さを物語っていた。

「以来、父は酒に溺《おぼ》れるようになりました。亡くなった日も足許が覚束ないほど酔っていたそうですから、事故なのか、自殺なのか、実際はわかりません。ただ、父が生きる希望を失っていたのは事実です。あのころの父は、花菱に会社を奪われければ、と繰言ばかりでしたから」

深津の父の死のきっかけをつくったのは、花菱だったのだ――。報告書の文字ではなく、深津本人の口から聞かされると、胸にいっそう迫ってくる。

「生活環境が変わったところへ持ってきて、父の死にすっかり気落ちしてしまったのでしょう。母は、体調を崩して寝込むようになりました。それまでの、夜も昼もなく働く生活が堪えたのかもしれません。ある日、パート先で倒れてあっけなく亡くなりました。私が十二歳のときです。数少ない親戚《しんせき》たちは、誰も私を引き取ろうとしませんでした。父の借金がだいぶ残っていましたから、私を引き取って、かかわりあいになるのを避けたかったのでしょう。そこで、私は施設に入れられたのです」

初めて聞く深津の壮絶な過去に、諒一は瞬《まばた》きさえ忘れて聞き入った。

恵まれた環境から追われ、立て続けに両親を亡くし、たった十二歳で一人ぼっちになって。あたたかな家庭と両親を奪った者に対して、恨みを抱かないほうがおかしい。

「そのあと、おまえがうちに来たのは……」

喉の奥がひりついて、絞り出した声は自分のものではないように掠れていた。

「ボランティア活動をされていた奥さまが施設にいらして、私を気に入ってくださったのは偶然です。両親とも亡くなり、頼るべき親戚がいない私の身の上に、いたく同情してくださったようでした。奥さまのお名前を聞いたときは、運命の巡り合わせに身震いしました。深津というのは母方の姓ですから、もう少し詳しく調査をなさっていれば、私の素性がわかったでしょう。そうしたら、諒一さんにお会いすることもなかったでしょうね」

昏く凍《い》てついた目をして、深津が薄く微笑む。

菱川家に来て二十年近く、いったいどんな気持ちで、深津は自分たちとともに暮らしてきたのだろう。どれほどの悲憤と憎悪を、穏やかな貌の下に隠してきたのだろう。

「恨んで、いたのか……？　祖父や父、僕たち家族を……」

「施設から引き取って、教育を与えてくださったことは感謝しています。ただ、菱川家に対する気持ちが感謝だけと言えば、嘘になるでしょう」

「……すまない」

唇を噛んで、うなだれるしかなかった。謝罪の言葉の、なんと空虚なことだろう。こんな言葉では、深津が味わった苦しみの万分の一さえも贖えない。

かつて花菱が企業買収を行った際、法律の範囲内ではあるものの、かなり強引なやりかたをしたと聞いている。当時、まだ子供だった諒一がかかわったわけではないが、深津の真情に気づかず、のうのうと彼に甘えて暮らしていたことを思うと、罪悪感と後悔に胸を掻き毟りたくなった。

「なにも知らなくて……悪かった」

「謝る必要はありません。諒一さんにはあの日、ご自身の体で充分償っていただきましたから」

唇の片端を吊り上げ、深津が婀娜《あだ》めいた笑みを浮かべる。あの日がいつを指すのかは、明白だった。

「……深津……」

「震えながら私にすがりついてくるあなたは、とても哀れで、そして愛らしかった。愉しませていただきました」

諒一の痴態を当てこするかのように、切れ長の瞳が細められる。

「信じられない……おまえが、そんなことを言うなんて……」

「そこまで私を信じてくださっているとは、十九年かけてあなたを手懐けた甲斐がありましたね。本当の私は、あなたがなにも知らないのをいいことに、窮地につけ込んで、体を奪うような薄汚い男だというのに」

「嘘だ……！」

深津の言っていることは違う、嘘だ。だって。

「後悔してるって……忘れるって、言ったじゃないか……」

「諒一さんが福原に怪しげな薬を飲まされたことは、私にとって予想外の事態でした。あんなことがなければ、もっとべつの方法があったでしょう」

べつの方法で、諒一に復讐をしたというのだろうか。涙で曇った瞳を必死に凝らすと、深津がつと視線を逸らした。

「復讐しようと考えていたなら、どうして僕を助けてくれたんだ……？　放っておけば、よかったじゃないか……！」

「二十年近くも復讐の機会を狙ってきたのに、福原などにあなたを奪われては業腹ですから」

二十年――。かくも長い歳月を、深津は復讐のときが訪れるのを待っていたのか。なにも知らず、自分を無心に慕う諒一をあざ笑いながら。

深津の憎悪の深さとともに、なにも知ろうとしなかった己の罪の重さを初めて思い知った。

「――そんなに僕が、憎かったのか……？」

深津の頬が、ぴくりと震えた。じわじわと細められた双眸に、あの日、後悔していると言ったときと同じ苦しげな色が過る。

「……そうですね。私を無心に慕ってくれるあなたが、たまらなく可愛くて、……憎かった」

情熱と諦念《ていねん》、愛情と憎悪。ひそめられた瞳に、相反する感情が複雑に交錯している。

憎かった、という言葉以上に、深津の苦悩に満ちた表情が諒一の胸を抉った。深津自身、長い歳月を経て、複雑に絡み合った愛憎を解き放つすべを知らず、苦しんでいるようにも見える。

「……深津」

思わずといった調子で名前を呼ぶと、深津がはっとした面持ちになった。自分でも言うつもりのなかったことを、言ってしまったというように。

端整な貌に浮かんだ後悔と動揺は、取り繕った表情の下に隠れてしまう。

「諒一さんを秘書としてそばに置いたのも、福原会長や宮崎社長の動きを牽制《けんせい》するためです。彼らが、ここまで詳しく私の過去を調べ上げてくるとは思いませんでしたが」

含み聞かせるような声音は、奇妙なほどやさしかった。

「しかし、私の素性をご存じになってしまった以上は仕方ありません。私の秘書を続けるのがお嫌なら、宣伝部でもどこへでも、諒一さんのお好きなところへ異動できるように取り計らいます」

「……嫌だ。辞めない」

とっさに言い放っていた。熱く潤んだ目許を人差し指でぐいと拭い、昂然《こうぜん》と頭を上げる。

やっと仕事に慣れてきたのに、途中で投げ出すなんて嫌だ。

なにより、いまここで秘書を辞めれば、深津との繋がりが途切れてしまう。

秘書として仕えることが、深津への償いになるわけではない。それでも、深津の痛みを少しでも癒やしたかった。

あんな痛々しい貌で、自分を憎んでいたと言う男を、このままにしたくない。

「おまえの秘書を続ける」

「……わかりました」

諒一の返答が意外だったのか、深津は小さくため息をついた。諒一の意思を尊重するふりをしてその実、秘書を辞めさせたかったのだろうか。

「仕事中によけいな話をして、申し訳ありませんでした。仕事の続きをしてください」

一方的に話を切り上げると、深津は役員室に戻っていった。小さな音とともに、役員室のドアが閉ざされる。

諒一を拒絶する、深津の心情そのままに。

混乱と驚愕の中に、諒一一人だけが取り残される。

祖父や父が深津の父親の会社を買収したことで、深津とその両親の人生を狂わせたのだ。

子供だったとはいえ、祖父や両親に庇護されてぬくぬくと暮らしていた自分が歯痒かった。人の心の痛みに鈍感で、甘ったれたわがままな子供。菱川家にやってくる以前の、深津の過去に思いを馳せることさえなかった。

両親を亡くした深津は、どんな思いでそんな諒一に接してくれたのだろう。

どうしたら償えるだろう。深津の家庭を壊し、両親を死に追いやった罪を。

閉ざされたドアを見つめたまま、諒一はただ罪の重さに打ちひしがれるしかなかった。

7

ショーケースには、宝石のようなケーキが並んでいる。

店内には制服姿のＯＬが二人いるだけで、花菱の社員らしき姿はない。諒一はほっとして、自宅にいる父のために焼き菓子を選びはじめた。もちろん浜島と自分のぶんも忘れない。

保釈されてから、父はほとんどの時間を自宅で過ごしている。仕事に追われていた以前とは正反対の生活だが、これまでできなかった趣味に励んだりと、意外に楽しそうだ。

仕事を終えて帰宅すれば、父や浜島と食卓を囲む。子供のころから父は多忙で不在がちだったから、帰宅すると父が家にいるのが妙に新鮮だった。

自らの罪を打ち明けたことで、肩の荷が下りたのだろう。父は子供時代の思い出や、祖父のエピソード、母との出会い、これまでの仕事のことなどを話してくれた。

ただ、深津のことを話題にすることはなかった。

諒一が深津の秘書をしていることを告げたときも、「そうか」と頷いただけだ。

サンライズ・キャピタルを快く思っていなかった父にしてみれば、同社によって経営再生担当役員に指名された深津はその手先のようなものだ。深津が証言したことに対する恨みはなくとも、複雑な心境なのだろう。

そんな調子だから、菱川家にやってくる以前の深津の過去のことは話していない。正確には、話せなかったのだ。

二十年近く起居をともにし、もっとも信頼していた側近中の側近が、かつて花菱が買収した会社の社長の息子で、復讐のために自分を告発したのだと知ったら、父はさぞショックを受けるだろう。

花菱のほうは、上場廃止を間近に控え、表向きは穏やかに過ぎている。揉めていた医薬品事業部門の売却は、今後の成長が見込める漢方薬部門を残すことが決まり、売却先を数社に絞りつつあるようだ。

深津は頻繁に桐野と打ち合わせを重ねており、ときにはサンライズ・キャピタル本社に赴くこともあった。恐らく、新会社の設立を目論んでいる宮崎たちへの対抗策を練っているのだろう。

諒一だけが蚊帳の外だ。訊ねたいけれど、訊ねられない。

深津とのあいだにある見えない壁が、諒一のいっさいの問いかけを拒絶していた。一歩でも踏み出せば、弾き飛ばされかねない強固な壁。これまでどおりに接しながらも、二人のあいだには肌がひりつくような緊張感が漂っていた。

むろん、恋愛感情が介在する余地などない。もともと、深津を好きになる資格さえないのだ。深津にとって諒一は、両親を死に追いやった仇《かたき》の息子なのだから。

『震えながら私にすがりついてくるあなたは、とても哀れで、そして愛らしかった。愉しませていただきました』

深津が愉しんでくれたのなら、いいじゃないか。そんな自虐的なことさえ考えてしまう。

あのとき触れた深津のぬくもりを、指先の熱を、肌が覚えている。初めて好きな人と体を繋げた経験を、どうして忘れられるだろう。

深津にとってはただの復讐としての行為だったとしても、諒一にとっては一生に一度の、大切な思い出なのだ。忘れられるはずがなかった。

あの一件でやっと深津が好きだと気づいたのもさることながら、憎まれていることにまったく気づいていなかった自分の間抜けさが嫌になる。深津に、おめでたいと言われるのも無理はない。

昼休み中に気分転換するはずが、沈んだ気持ちのまま、会計をすませて菓子店を出た。消えることのない罪の意識が、諒一を絶えず苛んでいる。

そういえば、以前、深津がこの店のお菓子を買ってきてくれたことがあった。

すべては復讐のためだったと言いながら、どうして諒一の好みを覚えていたり、体調を気遣ってくれたのだろう。

それだけではない。子供のころ、熱を出したときは夜どおし看護してくれたり、足を滑らせて池に落ちたときは、自分が濡れるのも構わずに助けてくれた。

深津が自分たちを憎んでいて、復讐する機会を狙っていたのだとしても、彼と過ごした十九年間すべてが偽りだったとは、どうしても思えない。たとえほんの数瞬であっても、心が通じた瞬間があったはずだ。

深津に心底憎まれていたなら、いくら諒一が他人の感情の機微に鈍い子供だったとしても、気づいただろう。相手から向けられる負の感情というのは、肌感覚でわかるものだ。

深津からは、一度も悪意や憎悪を向けられた覚えがない。親鳥を慕う雛のように諒一が深津に懐いていたと同様に、深津もまた親鳥のように諒一を守ってくれた。深津と過ごした十九年間は、柔らかな羽毛に包まれるような、やさしい時間だったのだ。

それが諒一をして、深津の露悪的な一連の言動に不審を抱かせていた。あれは本当に、深津の気持ちなのだろうか。

偽りのない本心が知りたい。深津の気持ちに寄り添いたかった。

けれど、いまの深津は諒一を拒絶している。心の交流は断たれ、状況を打開するきっかけさえ摑めない。

握り締めた紙袋が、かさりと音を立てた。このあいだのお返しだと言って、コーヒーとともにこのお菓子を出したら、深津は食べてくれるだろうか。初めて会ったとき、諒一が差し出したクッキーを食べてくれたように。

それとも、このあいだお菓子を差し入れたことも、忘れているかもしれない。

近道をしようと裏通りに入ったとたん、黒塗りの高級車がすうっと寄ってきた。不審に思っていると、窓がするすると下がって、思いがけない人物が姿を現す。

「久しぶりだね」

「福原会長……」

二度と会いたくないと思っていた男を目の当たりにし、息を呑んで立ち竦む。あの一件以降、まったく音沙汰がなかったから、油断していたところへの不意打ちだった。

「話があるんだが、乗ってくれないか。なに、話すだけだ」

「いえ。お話なら、ここで伺います」

どこに連れ去られるともわからないのに、誰が車に乗るものか。警戒をあらわにして睨みつけると、福原がふっと笑った。

「つれないな。そんなに嫌わないでくれ」

「それより、いったいなんのお話でしょう」

福原のペースに巻き込まれてはならない。さっさと話を切り上げて、この場から去りたかった。

「宮崎さんの話を断ったそうだね」

「――どうして、そのことをご存じなのですか」

顔を強ばらせる諒一とは対照的に、福原は不気味な余裕を漂わせて微笑んだ。冷たくぬめった目が、爬虫類《はちゅうるい》を思わせる。

「君にも話したとおり、花菱をこのままにしておけないと思っていたところに、宮崎さんから相談を受けたんだよ。その結果、サンライズ・キャピタルを撤退させ、当初の予定どおり、両社で新会社を設立して、化粧品事業部門を統合することがベストだろうという結論に達してね」

「福原会長のほうから、宮崎社長を唆されたのではありませんか」

「とんでもない。お互い、意見の一致を見ただけだよ」

怪しいものだ。先日の一件で、いかにこの男が信用のならない人物か、よくわかっている。

恐らく、福原から宮崎に話を持ちかけたのではないか。諒一に、手を組まないかと持ちかけたように。

役員たちと諮って父を解任し、社長の地位を手に入れたものの、サンライズ・キャピタルによって自身の地位が脅かされつつある宮崎が、福原の申し出に飛びついただろうことは想像に難くない。

「どうだろう。考え直してくれないかな」

「お断りします」

即答していた。考え直す必要などない。

「かわいそうに。すっかりあの男に懐柔されて」

大げさなため息をつき、福原がやれやれと首を振る。

「せっかく深津くんの過去を教えてあげたのに、それでもまだ彼のそばにいるのかい？」

「まさか……」

「君があの男の正体を知らないようだったから、教えてあげようと思ってね」

あの詳細な報告書は、福原の指示によるものだったのか。確かに福原ほどの実力者なら、深津の過去を調べ上げることなど造作もないだろう。

もしかしたら、諒一に接触してきたこのタイミングも、偶然などではないのかもしれない。

宮崎たちを手懐けて花菱社内の情報を手に入れるだけでなく、諒一の行動にも目を耿らせているのだとしたら――。改めて、この老獪《ろうかい》な男の周到さに背筋が冷たくなった。

「深津くんの素性がおおやけになれば、マスコミは飛びつくだろうね。父親を死に追いやった仇に引き取られ、側近にのし上がったあとで復讐を果たした男――マスコミが好みそうなネタだ」

「……なにをおっしゃりたいのですか」

声が震えそうになるのをかろうじて堪え、諒一は車の中の福原を見据えた。隙を見せてはならない。動揺すれば、福原につけ込まれる。

「なに、簡単なことだよ。スキャンダルを避けたければ、君が所有している花菱の株式を譲って、私たちに協力してくれればいい。経営陣が花菱を買い取って独立した暁には、正当な後継者である君にふさわしい地位を贈ろう」

「――」

深津の過去をネタに脅し、地位を餌《えさ》に協力しろというのか。絶句していると、福原は語調を強めて畳みかけた。

「君は、あの男に裏切られたんだ。彼の素性を知って、恋も冷めただろう。今度は、君が彼に復讐する番だよ」

「復讐なんて……、したくありません」

深津に復讐する権利など、自分にはない。贖えない罪を犯したのは、父や花菱のほうだ。

それに、福原に会社を乗っ取られるくらいなら、深津や桐野たちサンライズ・キャピタルとともに再生の道を歩むことを選ぶ。社員にとっても、そのほうが望ましいはずだ。

深津の目的が復讐だったとしても、いまは花菱再生のために尽力してくれている。社員の信望が篤《あつ》いのは、深津が真摯に取り組んでいる証拠だった。

「これから花菱は、負の遺産を清算していかなければなりません。サンライズ・キャピタルの力を借りて、花菱を生まれ変わらせたいと思います」

「若いときには、色恋に溺れて判断を誤ることもある。早く君が目を覚ましてくれることを祈るよ」

「僕と深津は、そんな関係ではありません」

深津とのあいだにあるのは、どこまでも相容《あいい》れない感情だ。復讐心と、絶対に成就することのない片思い。

諒一が生硬《せいこう》な声音で否定すると、福原の面に不気味な笑みが広がった。細められた瞳が昏く底光りする。

「私は、欲しいものを手に入れないと気がすまないたちなんだ。君も、花菱もね。待つのは苦ではないが、最近歳のせいか、以前より気が短くなっていてね。君があまり頑《かたく》なだと、少し手荒な方法を取らざるを得ない。昨今は、物騒な事件も多いからね。取り返しのつかないことになって、後悔しないといいのだが」

芝居じみた口調には、真綿でやわやわと絞め上げていくような威圧感があった。穏やかな晩秋の陽射しに照らされているのに、背筋がぞくりと寒くなる。

「それは、脅迫ですか？」

「私からのアドバイスだよ。今日はこのあたりで失礼しよう。気が変わったら、いつでも私のところに来なさい。待っているよ」

一方的に告げて、福原が車窓の向こうに消える。現れたときと同様の唐突さで、福原を乗せた車が去っていく。

真昼のオフィス街で、悪夢に遭遇した気分だった。粘ついた視線が体のあちこちに絡みついているようで、気持ちが悪い。

一刻も早くオフィスに戻らなければと思うのに、足に根っこが生えたようになって動けなかった。

いったいなにをするつもりなのだろう。

深津の過去を調べ上げ、宮崎社長を唆した福原が、次にどんな手に出てくるのか、見当がつかなかった。ただ、脅迫めいた台詞が鼓膜にこびりついている。

ようやく歩き出したものの、諒一の不快感と不安は消えなかった。


ビルの谷間に、茜《あかね》色の夕陽が沈んでいく。

しかし、いまの諒一にはうつくしい夕景色を眺める心の余裕はなかった。そっと隣を窺うと、深津が険しい貌で工場長から渡された文書に目を通している。

深津とともに、神奈川《かながわ》の工場と百貨店への視察を終えて会社に戻る途中だった。都内に入ってから道路が混《こ》みはじめ、のろのろ運転が続いている。

深津が手にしているのは、工場に送りつけられたというビラだった。出先から深津が花菱本社にいる桐野に問い合わせたら、今日になって各地の支社でも見つかったという。いずれも、送り主が「花菱社員有志一同」となっていたらしい。

「どうするんだ、それ……？」

おずおずと訊ねる。最近では、第三者がいるおおやけの場以外、深津に敬語で接するのをやめていた。

「どうもしません。こういったものは、無視するに限ります。誰の仕業か、容易に想像がつきますから。それにしても、怪文書のたぐいが出回るとは、たいへん嘆かわしい事態ですね。社員の士気にもかかわりますし、お互いが疑心暗鬼になって、社内の雰囲気が悪くなる」

諒一が手許を覗き込もうとすると、深津はさりげないしぐさでファイルにしまってしまった。諒一の目に触れさせたくないようだ。

もっとも、さきほど見たから内容は覚えている。一度見ただけで覚えてしまうほどの、インパクトがあった。

『深津政彦の退任を要求する』との大きな文字の見出しの下に、A4サイズの紙にびっしりと、かつてサンライズ・キャピタルが過酷なリストラを行って自殺者を出したことや、破綻した邦銀を買い取り、再上場させて巨額の利益を得たこと、そして深津のことが記されていた。

『大恩ある菱川元社長を己の出世欲のために裏切った男が、経営改革担当役員の任をまっとうできるはずがない。深津政彦は花菱を再生させるどころか、破滅に導く死神だ』

末尾には送り主同様『花菱社員有志一同』と記されていたが、内容からして、深津やサンライズ・キャピタルを快く思わない者の仕業であることは間違いない。まず思い浮かぶのは——。

「宮崎社長たちの仕業ということか？」

「めったなことをおっしゃってはいけません」

誰の仕業か匂わせておきながら、深津は諒一の問いをあっさりいなした。

深津には、昨日の昼休みに月王堂の福原会長と出くわしたことを話していない。あのあとは立て続けに会議や打ち合わせがあって、報告するタイミングを逸してしまった。

もしかしたら、ただの脅しかもしれない。そうであってほしいという気持ちもあったし、多忙な深津によけいな心配をかけたくなかったこともある。

それでいて今日の視察に自ら願い出て同行したのは、やはり不安だったからだ。離れているあいだに、深津の身になにかあるのではないかと。

この怪文書騒ぎで、諒一の嫌な予感が的中した形になった。まだ誰の仕業かわからないが、福原会長が裏で糸を引いているのではないかという疑念が頭をもたげる。

ただの脅しだけですむような、甘い人物ではない。それは、深津の過去を調べさせたことからも明らかではないか。

やはり深津に報告したほうがいいかもしれない。昨日の福原の言葉が、不吉な呪詛《じゅそ》のように頭から離れなかった。

「これとは関係ないかもしれないけれど、おまえに話が……」

諒一が言いさした途中で、後方から耳をつんざくようなクラクションが鳴り響いた。

なんだろう。驚いて振り返ろうとしたとたん、やっとスムーズに走りだしていた車に急ブレーキがかかった。体が左横にすべる。

「あ…っ」

「諒一さん……！」

深津の緊迫した叫びとともに、長い腕に抱きすくめられた。

ほぼ同時に左側頭部に凄まじい衝撃が走り、視界に白い火花が散る。痛みともつかない、灼けつくような感覚が諒一を貫く。

なにが起きたのか、瞬時に把握できなかった。頭部に生じた灼熱が、激しい痛みへと変化する。

「う……」

「諒一さん……？　しっかりしてください、諒一さん……！」

呼びかける深津の声が、悲痛な響きを帯びる。

大丈夫だと言いたいのに、声が出なかった。

視界を紅に染めるのは、あざやかな夕陽の残照か、それとも血の色なのか。

しだいに深津の声が遠のいていき――諒一は意識を失った。

額に落ちた髪をそっと払われる。

少しひんやりとした指が心地よい。控えめに額を撫でられて、うっとりとする。

しなやかな指、大きな掌。——深津のものだ。

目を閉じていてもわかる。見えないからこそ逆に、指先に込められた心配やいたわりが伝わってくるのだ。

もしかしたら、また夢を見ているのだろうか。幸せだった子供のころの夢を。

「……諒一さん」

吐息のような囁きが落ちる。痛みに満ちた、苦い声音。

どうしたのだろう。こちらまで胸がやるせなく痛んで、諒一は目を開けようとした。

「……、っ」

白い光が視界に溢れ、思いがけない眩しさにぎゅっと目をつぶる。今度はもっと鮮明に、心配そうな深津の声がした。

「諒一さん」

注意深くゆっくりと目を開けると、ベッドに横たわっている諒一を、傍らに腰かけた深津が覗き込んでいた。白い光は、天井の照明だったようだ。

「……深津……」

「ここにおります」

無意識のうちに差し伸べた手を、力強い掌に握られた。子供のころのように、指と指をしっかり絡められる。

夢ではない。深津の眉間は険しく寄せられたままだったが、あたたかなぬくもりと馴染んだ掌の感触にほっとする。

深津のぬくもりに触れるのは、久しぶりだ。あの夜以来、深津はさりげなくも慎重な振る舞いで、諒一に触れるのを避けていた。

ゆっくり視線を巡らせると、白い壁と天井、窓際にはソファが見えた。深津のマンションでもないようだ。

「ここは……？」

「病院です」

「病院って、どうして……痛っ」

起き上がろうと身じろいだだけで、左のこめかみから側頭部にかけてがずくっと痛んだ。激しい痛みに息を呑む。

「無理をしてはいけません。横になってください」

ためらいのないしぐさで肩に手を添えられ、起き上がろうとした体をそっとベッドに横たえられる。

避けられていたのでは、なかったのだ。深津に触れられた部分からぬくもりが浸透してきて、縮こまっていた心までが柔らかに解けていく。

「覚えていらっしゃいませんか？　社に戻る途中、後ろから追い抜こうとした車と接触したのを。

その際、弾みで窓にぶつかり、脳震盪《のうしんとう》を起こされたのです。幸い、脳波もＭＲＩの結果も問題ありませんでした」

「そうだった……」

耳をつんざくクラクションの音と、窓にぶつかったときの衝撃が蘇る。

「旦那さまと浜島さんにもご連絡しておきましたから、すぐにいらっしゃるでしょう」

「……ありがとう」

父と顔を合わせたら、深津はどうするだろう。父にはまだ深津の過去を話していないままだ。複雑な気持ちで、そろそろと指を這わせると、左の側頭部が腫れているのがわかった。触れるだけでも痛くて、涙が出そうになる。

諒一を見つめていた深津の表情が、痛ましそうに翳った。

「飯塚《いいづか》さんのとっさの判断のおかげで接触だけですみましたが、一歩間違えれば大事故になっていたでしょう。相手方の車はそのまま逃走したので、警察に届けを出しました」

改めてぞっとした。長年の経験と高い運転技術を持つ運転手でなければ、大事故に発展していたかもしれない。

でも、それだけではない。諒一が窓ガラスに頭を打っただけですんだのは、接触した瞬間、深津がかばってくれたからだ。体ごと座席から飛ばされていたら、もっとひどい怪我《けが》をしていただろう。

「深津は大丈夫だった？　あのとき、僕をかばってくれただろう？」

「諒一さん……」

虚を衝かれたように、眼鏡の奥の瞳が驚きを浮かべて固まる。しかし、すぐに自嘲めいた笑みにひそめられた。

「怪我をさせてしまったのですから、かばったことにはなりません」

伏し目がちになったまなざしにも口調にも、諒一を守りきれなかったことに対する自責の念が滲んでいる。

憎んでいるなんて、きっと嘘だ。だって、こんなにも深津は自分の身を心配してくれている。さっき額を撫でてくれた指も、以前と同じようにやさしかった。

第一、危険な状況のなか、とっさの判断でかばってくれるわけがない。ふつうは、自分の身を守ることで頭がいっぱいになるはずだ。

お目付け役だったころの義務感が抜けないのだろう。特別な感情があるからではない。わかっていても、深津の行動が嬉しかった。

「怪我といっても、たんこぶができただけだよ。それより、深津は？　飯塚さんも大丈夫だった？」

「はい。飯塚さんも私も無事です。どこも怪我はしておりません」

「よかった」

ほっとして微笑むと、深津が切なそうに顔を歪めた。

「……どうして、あなたは……」

奇妙な既視感があった。理知的な漆黒の双眸が揺らぎ、その下からいまにも迸りそうな激情の炎がほの見える。

ふいにベッドの傍らに跪くと、深津は諒一の手を取った。強く握り締め、許しを請う罪人のように自分の額に押し当てる。

「怪我をさせてしまって、申し訳ありませんでした」

「……深津」

こんなふうに謝罪されるとは思わず、諒一は焦った。違う、深津のせいじゃない。あれは事故だ。

事故――本当に、事故だろうか。そこでようやく、接触する直前、深津に福原の件を話そうとしていたことを思い出した。

不吉な予言めいた台詞。支社や工場にばらまかれた誹謗《ひぼう》中傷の文書。

昨日会って、今日いきなり行動を起こすだろうか。早すぎる。けれど、たった数日で深津の過去を調べ上げた福原なら、ありえないわけではない。

「おまえのせいじゃない。それに、謝らなければならないのは、僕のほうかもしれない」

「諒一さん？」

気遣わしげな深津を制し、ベッドに起き上がる。たんこぶがずきずきと痛んだが、構っていられなかった。

「昨日の昼休み、外に出た際に福原会長と偶然会ったんだ。もしかしたら、待ち伏せされたのかもしれない」

福原の名前を口にしたとたん、深津のまなざしがすうっと険しくなった。

「なにか言われたのですか？」

「自分たちに協力しろと持ちかけられたんだ。僕が所有する花菱の株式を譲れば、新会社設立の際には相応の地位を与えてやると。断ったら、後悔するような事態になるかもしれないと言われた」

「どうして私に話してくださらなかったのです？」

穏やかな声音だったが、そこに込められた非難と怒りを感じ取り、諒一は唇を噛んでうなだれた。

「ただの脅しかもしれないと思ったし……それに、よけいな心配をかけたくなかったんだ。おまえの過去を暴露すれば、スキャンダルになるだろうと言われて……ごめん」

「申し訳ありません。私の言い方が悪かったですね。諒一さんを責めているのではないのです」

シーツを握り締めた手の上から、深津の手が重ねられる。驚いて顔を上げると、激しい憤りを湛えた瞳があった。

「なにも気づかなかった自分自身と、諒一さんにまで脅しをかけた、福原に腹を立てているのです」

まさか福原は、深津にも脅しをかけていたのだろうか。

訊ねようとしたとき、ノックが響いた。深津がドアを開けると、心配顔の父と浜島が入ってくる。

「大丈夫ですか？　お怪我は？」

目を紅くした浜島に駆け寄られ、諒一は面映ゆくなった。

「心配をかけて、ごめんなさい。たんこぶができただけで、あとは無事だよ。――ほら」

「まあ」

髪を掻き分けて瘤を見せると、浜島が泣き笑いの表情になる。

「ご無沙汰《ぶさた》しております」

深津が改まった口調で挨拶すると、父は硬い面持ちで小さく頷いた。二人が顔を合わせるのは、父が逮捕されて以来だ。

両親をなくした恨み言を述べるでもなく、深津は父に向かって深々と頭を下げた。

「諒一さんに怪我をさせてしまい、申し訳ありません」

「事故だったんだ。仕方がない」

深津を一言も咎めず、父が首を横に振る。

深津がかばってくれたことを父に告げなければ。だが、なぜか深津はそれを望んでいない気がした。

ためらっているあいだにも、深津が諒一の怪我の状態や事故の概略を父に説明する。警察が捜しているが、当て逃げをした車はまだ見つかっていないという。

「諒一さんの検査の結果は異常ありませんでしたので、ご安心ください。あとで医師から詳しい説明があるかと思います」

「そうか。世話をかけたな」

「いいえ」

二人のやりとりは以前と変わらないのに、二人のあいだには以前とは異なる距離が生じていた。互いが、互いに気がねしているようだ。

「さきほどお話しくださった件は、私のほうで少し調べてみます。明日は念のため、お休みなさってください」

ベッドの傍らに歩み寄ると、深津はトーンを落として囁いた。さきほどの件というのは、福原の意味深な台詞のことだろう。

今回の事故が福原の仕業という確証はない。だが、ただの脅しではないことを思い知らせるデモンストレーションか、あるいは申し出を断った諒一に対する見せしめの可能性は否定できなかった。

「休まなくても、大丈夫だよ。ただのたんこぶだし……」

この程度の怪我で欠勤するなんてと渋ると、深津はふっと包み込むような微笑を浮かべた。

「明日は自宅にいらして、旦那さまと浜島さんを安心させて差し上げてください」

「……わかった」

父と浜島に心配をかけただけに、二人のことを持ち出されると弱かった。

「社に戻らなければなりませんので、これで失礼させていただきます」

深津が帰ってしまう。父も浜島もいるというのに、ひどく心許《こころもと》ない気分になった。

「深津…っ」

とっさにベッドから身を乗り出して、病室から辞そうとする深津の袖口を摑んでいた。

「……あ、ごめん」

深津の眉が驚いたように上げられるのを見て、スーツから手を離す。父たちがいる目の前で、子供じみた振る舞いが恥ずかしかった。

「あの……くれぐれも気をつけて」

「ありがとうございます。諒一さんも、お大事になさってください」

整いすぎて冷淡にさえ見える顔立ちに、淡い微笑みが上る。久しぶりにまっすぐ諒一を見つめたまなざしは、切なくなるほどやさしかった。

——どうしよう……。

引き止めたくなる衝動を押し殺し、父たちに挨拶をして病室をあとにする深津の後ろ姿を見送る。

今回は諒一が頭を打っただけで、深津は無事だった。けれど、次もそうだとは限らない。

自分が福原の申し出を拒絶したせいで、深津が怪我をするようなことになったら、どうすればいいのだろう。

想像しただけで、体が震えた。自分が傷つくのはいいけれど、自分のせいで深津が傷つくのは耐えられない。

福原は、どこか常軌を逸したところのある、尋常ではない恐ろしさを秘めた男だ。しかも、悪いことに金も権力も持っている。欲しいものを手に入れるためには、どんな手段を取るかわからない。

深津か、花菱か。

どちらかを選ばなければならないのだろうか。

福原に突きつけられた選択の重さに、押し潰されそうだった。

8

「あれ、諒一くん」

出勤するなり、廊下で桐野と鉢合わせした。桐野がやってきた方向からすると、ちょうど深津の部屋から出てきたところのようだ。

「今日は休みだって聞いてたけど、出てきて大丈夫なの？」

事故の一件を耳にしているらしく、桐野が心配そうに訊ねてくる。

「はい。頭をぶつけただけですから」

深津に言われたとおり午前中は家にいたのだが、たんこぶが痛むくらいで、休んでいるほどではない。また、そんな場合でもなかった。

「当て逃げした車は、盗難車だったんだってね」

「そうみたいです」

今日になって警察から、当て逃げした車が乗り捨てられていたのを発見したという連絡があった。ナンバーが偽造されており、一昨日、都内で盗まれた車だったという。

防犯カメラに映っていたという運転手らしき人物の映像を見せられ、改めて当時の状況を訊ねられたが、ろくに答えられなかった。後ろを確かめようとした直後に頭を打って失神してしまったので、運転手の顔はおろか、当て逃げした車もまともに見ていない。

「怪文書の件もあるし、こちらでも例の会社に依頼して調査中なんだけれどね。福原会長の鼻を明かしてやれば、深津も思いとどまるかもしれないし」

「深津が……？　なにかあったんですか？」

まさかまた、と不吉な考えが過る。諒一が訊ねると、桐野が意外そうに瞠目《どうもく》した。

「君に、なにも言っていないのか」

まったく、と小さく舌打ちし、言いにくそうに続ける。

「あいつ、花菱を辞めるって言い出したんだよ」

「――」

聞くやいなや、なにかを考えるよりさきに深津の役員室に向かって駆け出していた。

「諒一くん」という桐野の声がしたが、立ち止まる余裕はなかった。

だめだ。そんなことをしては、福原の思う壺だ。

自分の机のあるスペースを抜け、続きの役員室のドアを開ける。

「しつこいぞ、いい加減にしろ。それに、ノックをしろと何度も……――諒一さん」

桐野だと思ったのだろう。鬱陶《うっとう》しげに机から顔を上げた深津は、諒一の姿を認めて顔を強ばらせた。

「どうなさったのです？　今日はお休みのはずでは？」

「もう治った」

机に歩み寄っていくと、深津が慌てたように腰を上げた。

「だめです。一週間は安静にして、様子を見るようにと医者から言われたはずです。いますぐお帰りください。無理をなさらないようにと、あれほど……」

「廊下で桐野さんに会ったよ」

途中で言葉を遮られ、深津の眉が気まずそうにひそめられる。

「花菱を辞めるって、本当なのか？」

「ええ。旦那さまを社長の地位から引きずりおろしたことで、目的は達成できましたから。自分の手で花菱を改革するのもおもしろいとは思いましたが、一ヵ月で飽きました。花菱がどうなろうと、関心はありません」

感情を押し殺すかのような無表情で、深津が淡々と告げる。それが本心だとは、諒一にはとうてい思えなかった。諒一の目を見ないのがなによりの証拠だ。

「おまえが花菱を辞めるなんて、絶対にだめだ。おまえが辞めれば、福原会長の思う壺になるだけだ。おまえを信頼している社員や、彼らの期待を裏切ることになるんだぞ。そんなことになるくらいなら、僕が花菱を辞める」

一晩考えて、出した結果だった。深津も、花菱も大事だ。我が身と引き換えにしても、守りたいほどに。

辞表を差し出すと、深津の顔色が変わった。

「馬鹿なことをおっしゃらないでください。私は亡くなった両親の復讐をしようと、諒一さんたちをずっと騙していた挙句、旦那さまを失墜させたのですよ。その私を花菱に引き止めてどうするのです？　月王堂にではなく、私に花菱を乗っ取られるかもしれませんよ」

斬《き》りつけるような厳しいまなざしで睨まれたが、諒一は怯まなかった。

「以前、花菱を自分の手で再生させるのが野望だったたって言ったじゃないか。おまえは、たった一ヵ月で飽きるような人間じゃない。それに、花菱が新しく生まれ変わるためには、父や僕がいないほうがいい。おまえと桐野さんたちサンライズ・キャピタルに再建を委《ゆだ》ねたほうが、花菱と社員のためになると思う」

「もっともらしい理由をつけて、花菱から逃げるのですか？」

「違う」

逃げるのではない。深津と花菱を守りたいだけだ。

しかし、自分がそれを告げるのはあまりにもおこがましい気がした。どう言えば、深津を納得させることができるだろう。

「昨日、父さんにぜんぶ話したんだ。深津のご両親が亡くなられた経緯も、おまえがどんな思いで父さんを告発したのかも」

深津はわずかに目を瞠ったただけで、さほど驚いた様子はなかった。諒一がとうに話したと思っていたのかもしれない。

「父さんは、おまえが機会を与えてくれるならば、謝罪をしたいと言っていた。そして、これまで尽くしてくれたことに感謝していると。僕も、同じ気持ちだ」

「では、私への贖罪《しょくざい》のつもりで辞めるとでも？」

深津のまなざしに傷ついた色が過り、諒一は慌ててかぶりを振った。

「償いをしたくて、辞めるんじゃない。第一、こんなことじゃ、償いになんてならないだろう？　そうじゃなくて……おまえのことが心配なんだ。僕が花菱にいれば、昨日のようなことがまた起こるかもしれない。おまえを巻き込んで、怪我をさせたくないんだ」

「旦那さまを裏切り、あなたを苦しめた人間の心配などなさる必要はありません。放っておけばいい。私がどこでどんな目に遭おうと、たとえ野垂れ死にしようと、それは自業自得です」

そんなことかというように、深津が唇の片端を歪めて嗤《わら》う。自棄の気配が色濃く漂う表情に、諒一は胸を突かれた。我が身を呈してかばっておきながら、自分が心配することさえ赦してくれないのか。

「し…心配だよ……！　だって、いつもおまえに一方的に守られてばかりで……そんなのは、もう嫌なんだ。僕だって……おまえの役に立ちたい」

「そうおっしゃっていただくような価値など、私にはありません。あなたを憎んでいたと申し上げたはずです」

憎んでいるというなら、どうしてそんな苦しげな貌をするのだろう。昨日だって、諒一を守れなかったことを詫びたくせに。

手を伸ばせば触れられる距離にいるのに、交わされる言葉は上滑りするだけで、深津の真情に近づくことができない。

好きな相手を守りたいと思うのは、当然だ。自分の気持ちを伝えることができないのが、やるせなくて、もどかしかった。

「だって僕は……それでも僕は、おまえが好きなんだ……！」

「――」

焦燥に駆られて口走った刹那。

時間が止まったかのような、不思議な沈黙が落ちる。はっと我に返ったときには、すでに秘めた想いが、口を衝いて零れ落ちたあとだった。

諒一がなにを言ったのか理解できない、といった貌で深津が固まっている。見つめているうちにも、端整な貌を彩る表情が驚愕から困惑へと変化していく。

やっぱり迷惑だったのだ。好きだなんて言うつもりじゃなかったのに。

「ご……ごめん。妙なことを言って……」

指先まですうっと冷たくなって、声がぶざまに震えた。もう深津の貌を見る勇気もなくて、視線を伏せる。嫌悪や軽蔑のまなざしを向けられたら、立ち直れない。

「いま言ったことは、忘れてくれ」

「――諒一さん」

踵《きびす》を返そうとしたとたん、腕を取られた。

なにが起きたのだろう。気がついたときには、嵐に巻き込まれるようにしてあたたかな腕の中に抱きしめられていた。

逞しい腕のぬくもり、すっぽりと包み込む広い胸。覚えのある、涼やかで甘い香りが鼻腔《びこう》をくすぐる。

どうして——。ひそかに恋い慕う相手のぬくもりに包まれていることが、信じられなかった。喜びよりは驚きが大きくて、それでも、甘いときめきに鼓動が速くなる。

「……深津……」

おずおずと囁いたとたん、抱きしめている腕がぴくりと震えた。

はっとしたように小さく息を呑む気配があって、抱きしめられたときと同じ唐突さで抱擁が解かれる。包まれていたぬくもりが消え、諒一は魔法が解けたような気持ちになった。

「失礼しました」

ぎこちない口調で非礼を詫び、深津が気まずそうに視線を伏せる。深津自身、衝動的な行動に驚いているようだ。

やっぱり、憎まれているだけじゃない。十九年のあいだに培われた情愛のかけらが、深津の裡でまだ息づいている。

たとえ恋愛感情とはかけ離れた、弟のような存在に対する庇護欲であっても。諒一にとってはそれで充分だった。

「これから、福原会長に会いにいってくる」

「だめです。行かせるわけにはいきません」

視線を逸らしていた深津が、ぎょっとしたように目を剝く。その表情から、深津が諒一の身を心底案じているのが感じられた。

「大丈夫だよ。おまえに迷惑をかけたりしない」

「このあいだのような目に遭ってもいいのですか」

「花菱を辞めれば、僕にはもう利用価値はなくなるはずだ」

「そんな甘い男では……」

深津の言葉に重なって、開け放したままのドアをノックする音が響いた。

「取り込み中のところ悪いんだけれど」

こほん、と桐野がわざとらしく咳払《せきばら》いする。廊下で擦れ違ったあと、諒一を追いかけてきたのだろうか。いままでの話を聞かれたのかもしれないと思うと、頬が熱くなった。

「二人とも忘れてない？　こっちだって、福原会長の弱みを握ってること。身辺調査をしたときに、ぼろぼろ出てきたじゃない」

「破廉恥な私生活か？　マスコミに流したところで、あの男が握り潰すだろう」

諒一との会話を途中で邪魔されたからか、深津が苛立たしげに吐き捨てる。

桐野は深津の過去を知っているのだろうか。桐野が、深津とは大学以前からの長いつきあいと言っていたのを思い出して、諒一は淋しいような、悔しいような複雑な気分になった。

「昨日の事故の件は調査中なんだから、もう少し待てよ。いくらおまえの大事な諒一くんが怪我をしたからって、短気を起こすな」

いつもは理路整然と論理を展開し、舌鋒《ぜっぽう》鋭く相手をやりこめる深津が、言い聞かせるような桐野の言葉にむっと押し黙る。珍しいことだった。諒一のことが大事だと揶揄されて、気分を害したのかもしれない。

「諒一くんもだよ。君が辞める必要はない」

「でも、……」

「とにかく、こちらは破棄させていただきます」

なおも反論しようとした諒一を遮り、深津が机に放り出されていた辞表をびりびりと引き裂いた。

「そうそう。……っと、失礼」

相槌《あいづち》を打った桐野が、胸ポケットから振動する携帯電話を取り出した。こちらに背中を向けて、話しはじめる。

桐野の様子を横目で眺めながら、深津は腕組みして机にもたれた。整った横顔には、声をかけるのも憚られるような緊張が漲っている。

諒一の告白は、宙に浮いてしまった格好だ。でも、なにも言ってくれなかったことからも、深津の答えはわかっている。

ふいの抱擁にときめいてしまったけれど、あれは、辞めると言い出した諒一を引きとめようとしただけだったのだろう。

告げるつもりのなかった想いだから、このままなかったことにしてもらえるのなら、それでいい。そう自らに言い聞かせる一方で、失恋の悲しみが込み上げてくるのをどうしようもなかった。

「大丈夫。いけるぜ」

通話を終えた桐野が、深津に向かってにやりとする。

「そうか」

ほっと安堵の息をついた深津は、所在なく佇んでいた諒一に向き直った。

「福原会長には花菱から手を引いてもらいます。もう二度と花菱にはかかわらせません」

力強く宣言する。勝利を確信したかのような、不敵な微笑を浮かべて。


「諒一くん一人だと思っていたのだがね」

応接室に入ってきた福原は、開口一番、諒一の両脇にいる深津と桐野をあてこすった。

諒一一人でないことは、取り次いだ秘書から福原に報告がいっているはずだ。深津たちを追い返さず、面談に応じたのは、自身の優位を信じているからだろう。

先日の件で、お話がしたい――あのあと諒一から福原にアポイントを入れ、深津と桐野とともに月王堂本社を訪ねた。

深津は桐野と二人で行くと言い張ったのだが、諒一がしつこく喰い下がったところ、最後には渋々ながらも同行を了承してくれた。桐野が取り成してくれたおかげかもしれない。もっとも、おとなしくしているようにとの条件つきだ。

「私は諒一さんのお目付け役ですから、どこへなりともお供します」

冷ややかな笑みを湛え、深津が応戦する。凍てついた双眸には、福原に対する怒りがあった。

「ぬけぬけと。よく忠義面ができるものだな。——で、そちらは？」

福原は憎々しげに鼻を鳴らし、初対面の桐野を見遣った。

「サンライズ・キャピタルから花菱に派遣されております、桐野佳文と申します」

桐野が差し出した名刺を受け取ったものの、福原はおもしろくなさそうに一瞥しただけで、ソファに腰を下ろした。

深津と桐野のあいだに挟まれている諒一に視線を据える。全身を舐めるような、粘ついた視線に頬がそそけ立つ。

「昨日、君が乗っていた車が事故に遭ったと聞いたのだが、大丈夫なのかい」

「……はい。軽い怪我をしただけですから」

「それはよかった。不幸中の幸いだな」

まさか福原のほうから、昨日の事故の件を持ち出すとは思わなかった。まったく報道されていないのに、どうして知っているのだろう。

紳士然とした貌の下に隠された、邪悪な闇。背筋がぞくりとして顔を強ばらせると、深津が諒一をかばうようにして前に出た。

「芝居がお上手ですね。一歩間違えば、大事故になりかねない状況だったというのに」

「おもしろいことを言うね、君は。まるで私が事故を仕組んだかのようじゃないか」

余裕たっぷりに微笑み、福原は凄みのあるまなざしで深津を見据えた。

「それにしても、君の執念深さには恐れ入るよ。二十年近くも諒一くんたちを騙して、復讐の機会を窺っていたんだからな」

「確かに、私の父の会社が花菱に買収されたのも、その後、両親が亡くなったのも事実ですから、そういった解釈をされるのも無理はありません」

過去を持ち出して、心理的な揺さぶりをかけようというのだろう。しかし、深津は怯むどころか、冷徹なまなざしで福原を見返した。

口を挟まないことを条件に同行を赦された諒一としては、成りゆきを見守るしかない。はらはらしていると、桐野が大丈夫だよと、目顔で伝えてきた。

「無駄話はこのくらいにしよう。用件はなんだね。諒一くんから話があるというから、わざわざ時間を割いたんだが」

福原がまた諒一をちらりと見遣る。それは、獲物を前にした蛇が、待ちきれずに舌なめずりするさまを思わせた。

傍らの深津にしがみつきたくなるのを堪え、ぎゅっと掌を握り締める。深津はそんな諒一を気遣うように見下ろしたあと、再び福原に視線を転じた。

「単刀直入に申し上げましょう。今後いっさい、花菱にも諒一さんにもかかわらないでいただきたい」

深津が揺るぎない口調で言い放つと、福原の目許がひくりと震えた。

「それは、お願いかい？」

「いいえ。お願いではなく、取り引きです」

「取り引きだと？」

不可解な笑みを浮かべる深津に、福原が初めて戸惑いを見せた。

「こちらをご覧ください」

これまで沈黙を守っていた桐野が、一枚の写真を福原の手許に滑らせる。ちらりと見えたそれは、ゴルフ場にいる人物を撮ったもののようだった。

「これは、……」

怪訝そうに手を伸ばした福原が、写真を見るなり顔色を変えた。すかさず、桐野が追い討ちをかける。

「ずいぶんおつきあいが広いようですね。でも、こういった反社会的勢力と称される方々とおつきあいをされるのは、お立場上まずいのでは」

反社会的勢力というのは、暴力団かなにかだろうか。深津たちの切り札の内容を知らない諒一は、息を呑んでやりとりを見守った。

「こんな写真一枚で、言いがかりをつけるつもりかね」

福原が険を帯びたまなざしで桐野をねめつけると、今度は深津が口を開いた。

「もちろん、これ一枚ではありません。三日前にも、赤坂《あかさか》の『しま乃《の》』という料亭でお会いになっていたようですね」

すかさず、桐野がもう一枚写真を突きつける。福原は手に取りもせず、ちらりと見遣っただけだった。

「ごく個人的な会食だ。君たちに非難されるいわれはない」

「さすが広い人脈をお持ちだ」

深津の嫌みに、福原が眉をひそめる。その面からはさきほどまでの余裕が消えていた。

自分の言葉が福原にもたらした効果を冷静に観察しながら、深津が続ける。

「警察から、当て逃げの件で連絡がありました。車が発見された近辺の防犯カメラを分析した結果、運転手らしき男性が映っていたそうです。勝田《かつた》組長の部下によく似ているのは、ただの偶然でしょうか。三日前の会食の際、福原会長もお会いになった、西谷《にしたに》という人物です」

運転手の映像は諒一も見たが、西谷という名前も、暴力団関係者だったことも初耳だった。サンライズ・キャピタル関連の調査会社が調べたことなのだろうか。

「他人の空似じゃないのかな。もしその西谷という人物本人だったとしても、私にはなんのかかわりもないことだ」

福原は空惚《そらとぼ》けてみせたが、膝の上で指を組み直すしぐさには、動揺が窺えた。

「そういうことにしておきましょう。警察が捜査しても、西谷は口を割らないでしょうし、あなたまで辿り着けないでしょうから」

「でも、勝田組長との親密なおつきあいはこれだけではないですよねえ」

深津の言葉に続けて、桐野が口を開く。実に見事なコンビネーションだった。

「前首相が総裁選の最中、右翼団体から嫌がらせを受けたことがありましたよね。その際、前首相から依頼されて、福原さんが勝田組長に仲裁を依頼されたとか。ヤクザにものを頼んでおいて、むろんタダのはずがありませんよね。こんな話がマスコミに洩れたら、まずいんじゃないのかなあ」

「なんのことか、私にはさっぱりわからないな」

桐野がにんまりして身を乗り出すと、福原はあからさまに落ち着きをなくして視線をさ迷わせた。

「私個人の過去がマスコミに取り上げられても、影響はたかが知れています。それよりも、いまの話が報道されれば、政治スキャンダルに発展しかねない。そうなったとき、一介の役員である私と、月王堂会長のあなたとでは、どちらが失うものが大きいかは明らかです」

「なにが言いたいんだね、深津くん」

じろりと深津を睨んだものの、福原のまなざしには力がない。諒一の目にも、形勢が逆転したのがはっきりと見て取れた。

「政局の混乱を招くのは、私も本意ではありません。福原会長が花菱を手に入れることを諦めてくだされば、いまの話は私どもの胸に秘めておきます。これらの写真もおおやけにしないことをお約束しましょう。ただし、花菱や諒一さんに害をなせば、その限りではありません」

「この私を脅すつもりか」

「まさか。これは、取り引きです。以前、福原会長が私におっしゃったように」

深津にあてこすられ、福原が苦虫を噛み潰したような表情で押し黙った。どうするか、考えているのだろう。

ややあって、悔しさが滲み出た口調で呟いた。

「どうやら私は、君たちを甘く見すぎていたようだ」

「私どもの意図をご理解いただけて、幸いです」

深津がにっこりと微笑むと、福原は苦々しげに貌を歪めた。

「その写真は、記念にどうぞ。俺の手許に、福原さんと勝田組長とのツーショットもあるんですけれど、お送りしますか？」

「結構だ！」

福原は顔を真っ赤にして桐野の申し出を断り、写真をぐしゃりと握り潰した。

「話はすみました。行きましょう」

深津に促されて社長室を出かけたものの、諒一は思い直してドアの手前で踵を返した。

「諒一さん？」

深津の声を背中で聞きながら、ソファに沈み込んだままの福原に近づいていく。口を差し挟まないようにと深津に言われていたけれど、一言くらい言わないと気がすまなかった。

「福原会長」

「まだなにかあるのかね」

頭を抱えていた福原が、恨めしげに諒一を見上げる。

だが、睨まれてももう怖くなかった。臆《おく》することなく、まなざしに力を込めて福原をまっすぐに射貫く。

「深津は、花菱の再生を担っている大切な人材です。今後、花菱を陥れたり、深津に危害を加えるようなことがあったら、僕が赦しませんから、そのつもりでいてください」

諒一のことを、柔弱な御曹司と見下していたのだろう。福原は鼻白んだような貌になった。

「わかったから、帰りたまえ」

もうかかわりになるのはごめんとばかりに、手で追い払うそぶりをして呻《うめ》いた。


「やるね、諒一くん。福原に致命傷を与えるなんて」

愛車のマセラティに乗り込むなり、桐野が愉快そうに口を開いた。

「そうですか……？」

「そうそう。最愛の諒一くんから、赦さないなんて言われたら、あのしぶといじいさんも立ち直れないよ」

「気味の悪いことを言うな。さっさと車を出せ」

「はいはい」

諒一の隣に座っていた深津が、不機嫌に命じる。桐野は肩を竦めると、困ったやつだね、というようにミラー越しに目顔で合図してきた。

「俺はサンライズのほうに戻るけど、おまえたちはどうする？」

「俺のマンションで降ろしてくれ」

「了解」

オフィスに戻るのではないのか。終業時間を過ぎていたが、まだ仕事が残っているはずだ。不思議に思っていると、深津の思慮深い瞳と目が合った。

「これで福原会長の件はかたがつきましたが、諒一さんとのお話が途中になったままですから」

「話って、でも……」

「私の話がまだです」

花菱を辞めると言った件だろうか。訊ねようとしたが、有無を言わさぬ口調で遮られた。

「宮崎社長には、上場廃止後に退任していただく予定です。後任は、サンライズ側と諮って決めることになるでしょう」

それだけ言って、深津は沈黙した。珍しく桐野も口を差し挟まず、運転に専念している。

ちらりと窺った深津の表情は、険しくはないものの緊張感が漲っており、それ以上訊ねることができなかった。

なんの話だろう。もし深津の口から、あなたに想われても迷惑なだけだ、と告げられたら、絶対に立ち直れない。

福原の陰謀を阻止して一件落着のはずが、これからどうなるのだろうという不安が込み上げてくる。

道路が混雑する時間帯だったが、車はスムーズに進み、ほどなくして深津のマンションに着いた。

「世話になったな」

「このあいだといい、貸しは大きいぞ。覚悟しとけよ」

「ああ。――さあ、諒一さん」

わかっていると言いたげな表情で桐野に頷くと、深津は車から降りるよう、諒一を促した。

「ありがとうございました」

「いえいえ。今度、ドライブしようね」

「だめだ」

返事をしたのは諒一ではなく、さきに車から降りた深津だった。エントランスに向かって歩き出した背中が、なぜか苛立っているように見える。

慌てて深津のあとを追おうとすると、「諒一くん」と呼び止められた。運転席から顔を覗かせた桐野に、ちょいちょいと手招きされる。

「以前、諒一くんに訊ねられたことがあったけど」

諒一が近づいていくと、桐野は深津を憚るように声を潜めた。

「あいつとはね、施設で会ったんだ」

「え……」

深津と同じ施設にいたということは、桐野もまた複雑な家庭事情を抱えていたということだ。

ふだんの桐野は明るく飄々《ひょうひょう》としていて、そういった翳りはまったく窺えなかった。

「あいつがあとから入ってきたんだけれど、おっかないやつでさ。子供心にも、刃物みたいなやつだと思ったよ。それが、大学で再会したときにはすっかり変わってた。手負いの獣みたいだったのが、大切なご主人さまを守る忠犬になっててさ。施設に来るに至ったいきさつを聞いてたから、よけいに驚いたよ」

「そうだったんですか……」

意外だった。初対面のときから、深津は穏やかでやさしくて、辛抱強かった。桐野の言うような深津は、想像ができない。

桐野がエントランスのほうを見遣って、「やばい」と肩を竦める。

「深津が睨んでるから、今日はこのあたりで。馬に蹴《け》られたくないしね」

やはり役員室での会話が聞こえたのだろう。諒一が誤解を正す間もなく、桐野はエントランスに佇む深津に声をかけた。

「じゃあな、深津。お邪魔虫は消えるから、好きなだけ諒一くんと想いを確かめあってくれ」

「うるさい。さっさと行け」

邪険な口調で桐野を追い払うと、深津はつかつかと歩み寄ってきて「行きましょう」と諒一の腕を取った。

意味深な笑みを浮かべた桐野に見送られながら、引きずられるようにしてエントランスに足を踏み入れる。最上階の部屋に着くまで、深津は手を離してくれなかった。

いつ来ても、深津のマンションはモデルルームのように整然としている。「こちらへ」とソファを指し示されて腰を下ろすと、深津が少し距離を置いて隣に座った。

深い色合いの瞳に見つめられて、心臓が破裂しそうなほど鼓動が高鳴る。深津の視線が慈しむように、目や鼻、唇の形を辿るのがはっきりとわかった。

そんな目で見ないでほしい。諦めなければいけないのに、期待してしまうから。

「初めてお会いしたときのことを、覚えていますか？」

「……うん」

忘れるわけがない。初夏の陽射しが降り注ぐ庭先で、両親が見守るなか、初めて深津と会った日のことを。

「あの日、諒一さんが小さな手でクッキーのかけらを差し出したとき、あなたは私のあるじになったのです」

わがままで世間知らずな子供の世話をさせられたことを、不満に思っていたのではないか。不安になっていると、深津は柔らかに微笑んだ。

「奥さまの後ろから恐る恐る顔を覗かせた諒一さんは、本当に可愛らしかった。頰を真っ赤にしながら、生まれたての仔猫のように無垢《むく》な瞳で、じっとこちらを見つめていて……私の嘘が見抜かれるのではないかと、心配になりました」

過去を懐かしむように細められた瞳が、気遣わしげな色合いを帯びて諒一を見た。

「少しつらいお話になってしまうかもしれませんが、よろしいですか？」

「いい。構わないから、話してくれ」

前置きしたのは、深津の亡くなった両親にかかわる話だからだろう。聞かなければならないし、聞きたかった。

諒一の返答に一つ頷き、深津が心を決めた面持ちで、おもむろに話しはじめる。

「菱川家に引き取られることが決まったとき、神か仏かわかりませんが、そういったものに復讐の機会を与えられたのだと思いました。どんな方法であれ、両親の復讐を果たせばいい。そのためには、五歳の子供を傷つけることさえ厭わない――諒一さんにお会いするまで、そう思っていたのです」

当時の激情がすでに過去のものになってしまったことを示すように、淡々とした、静かな述懐だった。深津の貌には生々しい憎悪や憤りはなく、時を経過した哀惜だけがある。

だから諒一も、落ち着いて深津の告白を聞くことができた。以前とは違い、深津が真情を告げてくれているという確信がある。心配そうな視線をよこされて、大丈夫だと目顔で伝えると、深津がほっとした貌で続けた。

「実際、機会はいくらでもありました。諒一さんは、なんの疑いもなく私を受け入れ、懐いてくださいましたから。……私の帰宅を待ち侘《わ》び、飛びついて歓迎してくださったあとは、まとわりついて離れようとしない。食事も入浴もいっしょ。ご自分のベッドで休まれたのに、夜中に目を覚まして、私のベッドに潜り込んでくる。兄弟のいなかった私は、弟ができたような気分でした」

弟、という単語に、ぴくりと肩が震えた。本来なら、憎まれて当然だ。弟のようだと言われて嬉しい反面、それ以上の存在にはなりえないのだという失望が胸に広がる。

「まとわりついて、悪かったな。内心では、うんざりしていたんだろう？」

わざと憎まれ口を叩いて、やるせなく軋んだ胸の痛みを誤魔化す。そんな諒一の強がりを見抜いたように、深津がそっと手を握ってきた。

「いいえ。私を慕ってくださるあなたが、可愛くてたまりませんでした。あなたは、あまりに純粋で、無邪気で……だから、復讐などできなかった。それどころか、日に日に、大切に慈しみ、守りたいという気持ちが募っていったのです」

いったん言葉を切ると、深津は思いつめた様子で「ただ」と続けた。

「葛藤《かっとう》がなかったわけではありません。旦那さまの援助でぬくぬくと暮らしている自分が歯痒くて、不甲斐なくて……亡くなった両親のことを思うたび、激しい罪悪感に苛まれました。いっそ、菱川家の方々を憎んだほうが楽かもしれないと思ったこともあります」

諒一の思い違いではなかった。復讐の念と諒一たちへの情愛に引き裂かれ、深津は苦しんできたのだ。

八歳年上で、頭が切れて、冷静沈着で。自分よりずっと大人で、大きな体をしているのに、悄《しょう》然《ぜん》と肩を落とした姿は、なぜか途方に暮れた子供のように見えた。

こんなときだというのに、甘い感情に胸を締めつけられて、重ねられた手をきゅっと握り返す。

深津はゆるゆると視線を上げると、大丈夫だというように淡く微笑んだ。

「父が事故とも自殺ともわからない形で亡くなり、母が病に倒れ、一人になった私には、皮肉なことに、復讐が生きる支えになりました。……でも、菱川家にお世話になって、それが理不尽な逆恨みでしかないことがわかった。父が会社を追われたのは、役員たちに裏切られただけでなく、経営者としての資質に欠けていたからです」

当時の深津が花菱や父たちを逆恨みしたのも、無理はない。たとえ復讐のためにせよ、深津が過酷な環境を生き延びてくれたことに、諒一はむしろ感謝したい気持ちだった。

「両親を失い、天涯孤独になった私に、あたたかなぬくもりを与えてくださったのは、子供だった諒一さんでした。もしお会いしていなかったら、私は人間らしい心を失っていたでしょう」

当時のことを思い出すように、深津が懐かしそうなまなざしになる。子供の自分に嫉妬《しっと》したくなるほど、甘やかな感傷に満ちた、やさしい貌だった。

「菱川家で暮らすうちに、私は復讐の目的を遂げるどころか、失った家族を取り戻したかのような錯覚さえ抱くようになりました。諒一さんが、弟のように可愛くて、愛《いと》おしくて……それが、いったいいつから弟のような存在に対する感情から超えてしまったのか、私自身にもわかりません」

「深津……」

とくん、と鼓動がときめくように音を立てた。もしかしてという期待と、そんなことがあるはずがないという諦めが交錯する。

「引っ込み思案な子供だった諒一さんも、高校、大学と進むにつれてご友人が増え、精神的にも自立されていきました。お目付け役としては、喜ぶべきことです。しかし、私が味わったのはどうしようもない淋しさでした。そのとき、自分の気持ちに気づいたのです。諒一さんを独占したい、自分だけのものにしたいという気持ちに」

独占欲をあらわにした情熱的な言葉に、ますます鼓動が速くなる。ふだん冷静な深津だから、なおさらだ。けれど、臆病な心が喜びに歯止めをかける。

「……知らなかった。おまえは、母のことが好きだったんじゃないのか？」

「どうしてそんなことを？」

思いもしないことを聞いたというように、深津が眉を寄せる。

「母の葬儀のとき、おまえが泣いていたように見えたから……」

盗み見した気まずさから、ためらいがちに理由を述べると、深津が「ああ、あのときの」と面映ゆそうに微笑んだ。

「つい、私の母が亡くなったときのことを思い出してしまったのです。もちろん、奥さまのことはお慕いしておりました。しかしそれは、恋愛感情ではありません」

深津に断言されて、安堵とともにようやく喜びが胸に広がっていく。

「諒一さんに対する気持ちが、決して赦されない感情であることはわかっていましたし、抑制する自信もありました。諒一さんのそばにいるには、隠しとおすしかない。だから、諒一さんが花菱を継がれたときに補佐役になれるよう、花菱に入社したのです」

「そうだったんだ……」

そこまで考えてくれたのかと、諒一は瞠目する思いだった。深津が花菱に入社したのは、父への恩返しだと思っていた。

「決算の粉飾に気づいたときは、悩みました。いずれ経営が立ちゆかなくなるか、不正が明るみになるか……なんにせよ、諒一さんが苦しむことになる。旦那さまが負の連鎖を断ち切れないとおっしゃるなら、私自身がやろうと思ったのです。花菱を再生させ、そのうえで新しく生まれ変わった花菱を、諒一さんに捧げたかった。たとえ、裏切り者と見なされようとも」

深津の深い気持ちを知らされて、胸が熱くなった。鼻の奥がつんとして、視界までもが熱を持つ。

「危機的な状況でしたから、サンライズ・キャピタルの出資を仰ぐように、役員を説得するのは難しいことではありませんでした。私がもっとも危惧したのは、福原会長の横槍《よこやり》です。だから、利害争いから諒一さんを守るため、秘書になっていただいたのです。私の目の届く範囲にいてくだされば、安心だと思っていました。しかし、あの日……」

それまで穏やかだった深津の貌が、苦悩に歪んだ。

「最初は、諒一さんを楽にして差し上げたい一心でした。けれど、福原に触れられたことを知って、苦しむあなたにすがられて、長年、殺してきた気持ちを抑制できなくなったのです。まともに理性が働かない状態につけ込んで、強引にあなたを奪った。あなたを守るのは自分だと自負していたのに、いちばん傷つけたのです」

「ち、違う……！　僕は、傷ついてなんかいない……！」

むしろ、深津に触れられて嬉しかった。しかし、そう口にするよりさきに、深津は疲れたようにかぶりを振り、苦い声で続けた。

「お目付け役としての使命感でも、あなたを守れなかった罪悪感でもない。あのときの私には、男としての欲望しかなかった。——あなたを、自分のものにしたかっただけなのです」

欲望という生々しい言葉を聞いても、穢らわしいとは思わなかった。責任感や同情から慰めてくれたのでは、なかったのだ。自分自身を求められたかのような気がして、喜びが湧いてくる。

「あんな形で、諒一さんを穢してしまった……あなたのそばにいれば、いつか自分自身を抑えきれなくなる日がくるのではないか。ひそかに恐れていたことが、現実になったのです。自分の弱さに打ちのめされました。一夜の過ちとして、忘れるしかない。諒一さんに憎まれ、軽蔑されてしかるべきだとも思いました。そうすることで、距離を置こうとしたのです。……諒一さんから旦那さまに諫言《かんげん》したことや、過去について訊ねられたときに、ことさら偽悪的に振る舞ったのもそのせいです」

「……よかった」

ほっと息をついた弾みに、安堵の言葉が口を衝いていた。

「ご両親のこともあるし、嫌われたんだと思ってたから……よかった」

よかった、と繰り返した声は、わななく吐息に溶けた。どんどん視界が熱くなって、ほろりと涙が眦から溢れる。

「申し訳ありません」

涙で滲んだ視界に、深津が深々と頭を下げるのが見えた。

「私が未熟だったせいで、諒一さんを傷つけてしまった……どうか、赦してください」

「謝らなければならないのは、僕のほうだ。なにも知らないで、深津に甘えていたんだから。本当に、ごめん」

そっと手を伸ばして深津の膝に触れると、広い肩がぴくりと震えた。そろそろと顔を上げた深津のまなざしが、まっすぐに諒一を捉《とら》える。

「……諒一さん」

「祖父や父のせいで、おまえやご両親を苦しめたことは、僕が償う。どうすれば償えるのかわからないけれど、どんなことでもするから……」

深津を困らせるのはわかっていたけれど、自分の気持ちを抑えきれなかった。

「だから、おまえを好きでいることを赦して……」

眼鏡の奥で、漆黒の双眸が困惑と驚きに揺らいだ。諒一の気持ちが迷惑というよりは、信じられないといった表情だ。少なくとも、憎まれてはいない。それどころか――。期待は、確信に変わっていた。

「本気でおっしゃっているのですか？」

「誤解でも、錯覚でもない。おまえが、好きなんだ」

深津の眉間に懊悩《おうのう》の皺が刻まれるのを見ながら、勇気を振り絞って訊ねる。

「おまえは、僕のことをどう思っている？　憎い仇の息子？　それとも、手の焼ける、やっかいな弟みたいな存在？」

「――いいえ」

ためらうような数瞬の間のあと、深津はきっぱりと首を横に振った。大きな決意を秘めた、勁いまなざしが諒一を見据える。

「誰よりも愛おしい、大切な存在です」

「深津……」

見つめられているだけで、胸がじわりと熱くなる。目を潤ませていると、大きな掌に頬を包み取られた。

深津の顔が近づいてきて、思わず目を閉じた瞬間。

柔らかなものが、唇にそっと触れた。

「愛しています」

キスに続いてもたらされた、熱っぽく掠れた囁き。

「……僕も」

全身が蜜のように蕩けてしまいそうで、そう答えるのが精一杯だった。


「……ふ、…っ」

何度も角度を変えて啄《ついば》まれて、吐息が甘く濡れる。

夢見心地で上着を脱がされ、ベッドに横たえられるなり、再び唇を塞がれた。唇の輪郭を丹念に辿ってから、隙間を抉じ開けるようにして熱い舌先が押し入ってくる。

ふだん冷静な深津からは想像もできない、情熱的なキスだった。抑制してきた熱情を解き放つかのように、諒一を恣《ほしいまま》に貪る。

歯並をなぞられ、驚きに慄くと、逃すものかというように体重をかけてベッドに押さえつけられた。

「ん…っ」

上顎をつつかれて、じわっと眦が潤む。

知らなかった。口の中がこんなに敏感な器官だということも、キスがこんなに官能的な行為だということも。

深津のキスは、媚薬以上の効果を諒一にもたらした。触れられてもいないのに、体が勝手に火照っていく。

深く絡みあう舌と舌、溶けあう吐息。

湿った濡れ音が生々しくて、本当に深津とキスをしているんだと実感する。諦めていただけに、想いが成就したことがまだ信じられない。

口腔《こうこう》をあまさず征服され、反応した場所を執拗《しつよう》に刺激されて、頭の中がぼうっと霞む。こんな本格的なキスは初めてで、呼吸するすべさえ覚束ない。諒一にできることはただ、伸しかかる男の背中にしがみつくことだけだった。

「ん……ん、っ」

熱くて、苦しくて、溶けそうで。どうにかなりそうだと思った瞬間、ようやく深津の唇が離れた。

陶酔に蕩けた瞳を瞬かせていると、深津が覗き込んでくる。かすかに寄せられた眉根、獰猛《どうもう》な欲望を湛えた熱いまなざし。成熟した雄の色香が滴るような表情に、胸が狂おしく騒いだ。

「夢のようです。こうして、諒一さんを自分の腕に抱けるなんて」

「僕も……失恋したんだと諦めていたから、夢みたいだ」

深津の瞳に、自分が映っている。いっときは目を合わすことさえ避けられていたから、見交わす視線にも、想いが通じあった幸福を思わずにいられない。

「怪我は痛みませんか？」

「大丈夫……」

キスの余韻に包まれているせいか、ずきずきと絶えず疼いていた痛みは気にならなくなっていた。現金なものだ。

「もう二度と、あなたを傷つけたりしません」

恭しく手を取られ、唇を押し当てられる。誓いを立てるようなキスに、切ないような、胸の奥がじんと甘く痺れるような感覚が走った。

「深津……」

キスをねだるような、目をしていたのかもしれない。手の甲から指先を伝った唇は、額に移動し、鼻筋を滑り落ちて、もう一度唇に重ねられた。小さな音を立てて唇と唇を触れあわせ、深く吸い上げられる。

――ずっと、こうしていたい……。

一回り大きな体軀にすっぽりと包まれて、甘く、情熱的にくちづけられる。目眩《めまい》がするほどの幸せを覚えながら、諒一は夢中で深津に応えた。

「ふ……、ぅ」

名残惜しげにくちづけを解いた深津が、諒一の唇の端から滴った唾液《だえき》に気づいて、唇で含み取った。

「っ……」

顎先から首筋へとくちづけられて、諒一の体が過敏に震えた。ささやかな刺激にも、感じてしまう。深津に触れられているという事実じたいが、快感に繫がるのだ。

抱擁が緩み、諒一の上から体を起こした深津がベッドに膝立ちになる。少し荒っぽいしぐさでネクタイを引き抜き、シャツのボタンを外していくのを、諒一は熱く潤んだまなざしで見つめた。

最近はスーツ姿しか見ていないが、昔はいっしょにプールで泳いだり、入浴したりしていたから、深津の体が珍しいわけではない。しかし、シャツの下から現れた体軀を目にしたとたん、息を呑まずにいられなかった。

なだらかに隆起した肩から二の腕は、理想的なラインを描いている。うつくしい筋肉で覆われた胸板と、硬く引き締まった腹部の見事なコントラスト。

記憶の中にあるよりも、深津の体躯はずっと逞しかった。男性としての美をすべて備えた、彫刻のように完璧な肢体。

目を奪われていると、深津が覆いかぶさってきた。ネクタイを解かれ、ワイシャツのボタンを外される。

子供のころは、深津にこうして着替えを手伝ってもらっていた。ボタンをとめる際、深津の指が顎下に触れるのがくすぐったくて我慢できず、深津を困らせたものだ。

大人になったいまも少しくすぐったくて、目を閉じて堪える。しばらくしてひんやりとした空気が触れ、シャツの前をはだけられたことを知った。

薄っぺらい、貧相な体は、深津とはあまりに対照的だ。深津に見られるのが恥ずかしくて、はだけられた前を掻き寄せる。

「嫌ですか？」

深津の眉が哀しそうに曇るのを見て、諒一はふるふるとかぶりを振った。

「嫌じゃないけど、……恥ずかしいんだ」

おまえに見られるのが、と蚊の鳴くような声で続けると、深津が小さく息をついた。

「では、眼鏡を外しましょう」

しなやかな指が眼鏡のつるにかかり、整った顔立ちがあらわになる。眼鏡という遮蔽物《しゃへいぶつ》がなくなると、怜悧な容貌がいっそう際立つ。

深津が眼鏡をかけはじめたのは、菱川家に来て間もなくのことだ。だから、光の具合によっては、漆黒の双眸がやさしい藍色に透けて見えることを知る人はさほど多くないだろう。

いまも、愛おしそうに諒一を見つめる瞳は深い藍色を湛えている。

「これで見えません」

「本当に？」

「はい」

怪しいものだと思ったけれど、深津がしかつめらしい貌で答えたので、それ以上は追及しなかった。早く愛しあいたいのは、諒一も同じだったから。

ベルトを抜かれ、下着ごと衣服を引きずりおろされて、気づいたときには一糸まとわぬ姿になっていた。レンズ越しではなく、直接注がれる視線がやけに熱くて、肌がさあっとそそけ立つ。恥ずかしくて、いますぐ逃げ出したくなったが、ぐっと堪えた。媚薬のせいで朦朧としていたこのあいだとは、違う。今日は、自分の意思で深津と愛しあおうとしているのだ。

「寒くありませんか？」

「う、ん……」

そっと肩先を撫でられただけで、声が震えた。体を沈めた深津が、諒一の緊張を和らげるように、顔中にキスを散らす。顎先から首筋へ伝い落ち、さらに肩先から鎖骨《さこつ》へと続いた。

熱い舌が、刻印のように感じられる。深津のものだという、目に見えない徴《しるし》が刻まれるといいのに。

「……っ」

深津の唇が胸先に触れて、諒一はびくりとした。淡い色合いの乳暈《にゅううん》の中心に埋もれるようにして息づく、ささやかな突起。

どうして、そんなところを――。諒一の困惑を察したのか、顔を埋めたまま、深津が視線だけを上げる。

「このあいだは、こちらを可愛がって差し上げることができませんでしたから」

「え……でも、そこは……」

女性でもないのに。戸惑っているあいだに、今度はもう片方を指先になぞられた。くすぐったくて、妙な声が出そうになる。

「男性にとって、機能的には必要のない器官がどうして存在するのだと思いますか？」

「……どうして？」

「快楽を得るためです」

考えたこともなかった。わからなくて問い返すと、深津の瞳が艶かしく細められた。

「あ、ん…っ」

二本の指先できゅうっと摘まれて、恥ずかしいほど甘ったるい声が出た。むず痒《がゆ》いような、びりびりするような感覚が体中に広がる。

はっとして掌で口許を覆おうとすると、深津に摑まれた。

「恥ずかしがることはありません。私しかいませんから、どうか声を聞かせてください」

「そんな……」

深津に聞かれるのが、恥ずかしいんじゃないか。唇を噛み締め、無茶を言うなと睨みつける。潤んだ瞳が男の征服欲を煽り、逆効果でしかないことなど、諒一が知るよしもなかった。

「さあ」

「く……」

唆すように囁いて、ちゅくっと音を立てて吸いつかれる。もう片方は指先に摘まれ、じわじわと力を加えて押し潰された。

繊細で巧みな愛撫が、不慣れな体から未知の官能を引き出そうとする。舌と指で執拗にいじられ、柔らかかった乳首がつんと勃《た》ち上がっていく。

「あ、…んっ」

腫れたように疼く先端をきつく吸い上げられて、ついに堪えきれない声が洩れる。じんとした痺れが、下肢にまで駆け抜けた。

「や…あ、あ……」

自分のものとは思えないほど、甘く潤んだ声だった。女の子でもないのに、胸をいじられて喘ぐなんて。消え入りたいほど恥ずかしいのに、一度溢れ出した声を止めるすべはなかった。

「硬くなってきましたね」

「あ、あ…んっ」

諒一自身にも硬く凝《しこ》った感触を思い知らせるように、尖《とが》った先端を軽く弾かれる。胸先でびりびりっと快感の火花が散って、諒一は全身で仰《の》け反っていた。

「あ……ぁ……」

硬くなっているだけではなく、ひどく感覚が鋭敏になっている。きりきりに尖った先端は、深津の指紋さえ感じられそうだった。

「紅くなって、いじらしく尖っている。見てごらんなさい」

「ぅ……」

つい深津の言葉に従って胸許を見遣ってしまい、諒一は愕然とした。

熟した茱萸《ぐみ》のような色合いに変化した突起が、ぷくりと膨らんでいる。色味も形状も、これが自分の体かと目を疑いたくなるほど、いやらしかった。

「や……いや……だ」

「お嫌なら、どうしてこんなに尖らせているのです？　こりこりになっている」

端整な容貌にそぐわぬ卑猥な台詞に、追い討ちをかけられる。羞恥に涙ぐみながらかぶりを振ると、乳暈ごとを揉みしだかれた。

恥ずかしいのに、どうしてこんなに感じるのかわからない。胸をいじられているだけなのに、どうして下腹部まで熱くなっているのかも。

「もっと感じてください」

「あ……ぁ」

再び尖りきった乳首を唇に含まれ、濡れた舌になぞられる。熱くぬめった、柔らかな感触が艶かしい。仰け反った喉の奥が勝手に開いて、甘い声が零れ落ちた。

「や……あ、ん……っ」

もう一方の乳首も、深津は放っておいてくれなかった。二本の指で挟み、紙縒《こよ》りを作るようにして擦り立てる。

「感じるのでしょう？　ここが」

「あう……っ」

硬く凝った先端に軽く爪《つめ》を立てられて、全身が跳ね上がる。いまの諒一は、深津の愛撫に合わせて動く、操り人形のようだった。

もう、やめてほしい。身じろいだ弾みに、熱くなった下肢がとろりと潤む気配があって、諒一は狼狽した。

「い、や……だ、も……う」

うまく力が入らない指で、伏せられた深津の頭を押しのけようとしたとたん、軽く歯を立てられた。

喰い込んでくる白い歯と、紅く熟れた突起が、快感に潤んだ諒一の視界にもあざやかな対比をなす。

「あ、あ……っ」

体感と視覚が一致し、快感を倍加させる。悲鳴じみた嬌声を上げて、諒一は堪える間もなく絶頂に達していた。

「嘘……」

乱れた呼吸に肩を喘がせながら、呆然と呟く。胸だけの愛撫で、あまりにもあっけなく達してしまったことが信じられなかった。頭の中は快楽に熱く痺れているのに、飛び散った白濁がべっとりと肌を濡らしている感触は生々しい。

このあいだは、薬のせいだという言い訳ができた。でも、今日はそうはいかない。浅ましく乱れても、なんの免罪符もないのだ。

「……嫌だ、こんなの……」

堪え性がないと、深津に呆れられてしまう。いたたまれなさに目を潤ませていると、深津が眦に溜まった涙を唇で拭ってくれた。

「こんなに感じてくださって、光栄です」

指先を伸ばし、諒一の肌に放縦《ほうじゅう》に散った滴りを掬い取ると、なんの迷いもなく口に含む。

「ずいぶん濃いですね。あれから、いい子にしていらしたようだ」

「な……」

深津の予想外の行動に直面し、ただでさえ熱くなっていた頭がぐらぐらと煮え立った。口で愛撫され、放ったものを飲まれたことがあったけれど、それとこれとはべつだ。濃い、などと直截な感想を述べられて、平静でいられるはずもない。

「だめ……だ、そんな……」

「諒一さん?」

自分の欲望を掬った深津の指を摑んで、舌先を這わせる。それだけでは足りずに、深津の頰を引き寄せ、唇を重ねた。

自分の残滓《ざんし》を拭い去ろうと、おずおずと舌を差し入れる。深津は一瞬驚いたようだったが、邪魔も抵抗もせず、諒一の好きにさせてくれた。

「ふ……っ、…ぅ」

さきほどくちづけられたときのことを思い出しつつ、拙《つたな》いながらも必死に男の口腔を探る。達したばかりなのに、キスをしているだけで体が再び熱を孕んだ。

「ん…、ん……っ」

息が苦しくなって唇を離そうとしたとたん、それまで諒一に主導権を預けていた深津が豹変《ひょうへん》した。

反射的に逃げを打つ体を押さえつけられ、じっくりと口腔を唇で愛撫される。お返しのように、口蓋《こうがい》を舌先でつつかれ、舌を甘噛みされた。

「う……ん、ぅ」

頭の芯がじいんと痺れ、体の内側からとろとろと蕩けはじめる。

再び兆しはじめた下肢を包まれて、あっと仰け反った弾みに、やっとキスから解放された。

「また熱くなっていますね。とろとろだ」

「や……言う、な…っ」

艶《つや》を帯びた低音に囁かれ、腰骨のあたりがぞくりとする。掌に弱みを包まれていては、どんな小さな反応も誤魔化せない。

やんわりと揉みしだかれ、鋭敏な先端をなぞられて、切れ込みからじゅくっと蜜が滴る。無意識のうちに両膝が開き、愛撫をねだるように腰がうねった。

「や…あ」

深津が、見ている。乱れる姿を一つ残らず網膜に灼きつけようとするかのような、熱い視線。まるで、まなざしで全身を愛撫されているようだった。

深津の指遣いに合わせて、ぐっしょりと濡れそぼった音が聞こえてくる。自分の洩らした滴りが深津の手を濡らしているせいだと知って、泣きたくなった。

恥ずかしくて、気持ちがよくて。絶頂を求めて本能のままに腰が揺れ、内腿が痙攣《けいれん》する。このままでは、また自分だけ達ってしまう。わずかに残っていた理性が、警鐘を鳴らしていた。

「だめ……や、だ……」

かぶりを振り、深津の二の腕に爪を立てて、やめてほしいと訴える。必死な表情から、羞恥だけではないものを感じたのか、深津が愛撫を中断した。

「どうしてです？　気持ちよくありませんか？」

「……いい、けど……僕だけは、嫌だ」

恥ずかしいことをねだっている自覚はある。でも、一方的に愛撫されるのではなく、ちゃんと深津と愛しあいたかった。

「おまえも、いっしょに……気持ちよくなって」

上目遣いに見つめると、深津の眉間がくっと寄せられた。迷っているような、困っているような複雑な表情だ。

密着した体から、深津の昂りが伝わってくる。たぶん、深津は自分を欲しがってくれている。

「ちゃんと……最後までしたい」

もう一押しすると、深津は苦しげに双眸を細めた。諒一の意思を確かめるように、真剣なまなざしで覗き込んでくる。

「いいのですか？　このあいだのように、つらい思いをさせてしまうかもしれません」

「ううん」

即座に否定していた。頬に伸ばされた深津の手を掴み、指先に唇を押し当てる。

「つらくなんて、なかった。嬉しかったよ。……深津が、ずっと近くに感じられて」

初めてだったのだから、痛みがなかったわけではない。二度目のいまは、どんな行為かを経験してしまったがゆえの恐れもある。

それでも、深津が欲しかった。深津と、一つになりたい。切実な欲求が、羞恥や恐れを凌駕《りょうが》する。

「お願い……深津が、欲しいんだ」

「そんなことをおっしゃったら、手加減できないかもしれません」

「いいよ。深津の好きにして」

どこか切なそうなまなざしをして微笑むと、深津はまだ腫れている左のこめかみにそっと唇を落とした。

「怪我が痛んだり、具合が悪くなったら、すぐおっしゃってください」

「うん」

言い置いて、深津が諒一の両脚を左右に大きく割り開いた。膝を摑んで押し上げ、狭間《はざま》に顔を沈めようとする。

「深津……!?」

ひんやりとした冷気に撫でられ、秘めた部分を曝け出していることを自覚する。次の瞬間、熱く濡れたものが触れてきた。

「な…に……」

熱くぬめった感触に竦み上がりながら、呆然と呟く。信じられなかった。深津の舌が、とんでもない場所に触れている。

身じろいだ弾みに、抱え上げられた下肢に深津が顔を伏せているのが見えて、諒一は惑乱しかけた。

「いや、だ……や、め……汚い…っ」

なんとか逃れようとして体を捩ったが、諒一を押さえ込んだ男の手はまったく緩まなかった。

「お願いですから、おとなしくなさっていてください。諒一さんを、傷つけたくない」

少しくぐもった声が、真摯に訴える。

だったら、このあいだのようにクリームかなにかを使えばいいではないか——ふつうならそう反論しただろうが、真っ白になった頭の中にはどんな言葉も浮かんでこなかった。

「う……」

男の舌が閃き、怯えて窄まる蕾《つぼみ》をやさしく舐め溶かそうとする。ぬるぬると這う感触が生々しい。あらぬことを口走らないように、ぐっと奥歯を喰い縛った。

男の鼻先で大きく両脚を開き、もっとも恥ずかしい場所を舌で愛撫されているのだ――自分の姿が脳裡に浮かび、灼けつくような羞恥が諒一を苛んだ。

情熱的な愛撫に、滴るほど潤った花弁が喘ぐように開閉しはじめる。それに合わせて、硬く尖らせた舌がつぷりと突き入れられた。

「ひ…や…ぁ」

堪えきれなくなって、悲鳴じみた嬌声が口を衝いて迸った。弾力に富んだ舌が狭い粘膜を強引に抉じ開けて、中へと潜り込んでくる。

「や……あ、あ……」

深津の舌が蠢くたび、聞いたことがないような卑猥な水音が体内から響く。たっぷりと送り込まれた唾液が、内壁を舐めるようにしてとろりと伝い落ちるのがはっきりとわかった。

「う…、くぅ……んっ」

届く限りの深みを暴かれ、くぷくぷと舌を前後されて、羞恥と悦楽に翻弄される。声を殺そうとして噛み締めた唇の隙間から、仔犬が甘えるような欷歔《ききょ》が洩れた。

「あ……や、あっ」

ぬらりと引き抜かれてほっとする間もなく、今度は舌のかわりに指が差し入れられた。さきほどよりずっと硬く、大きな質量に驚いた粘膜が、きゅうっと窄まる。

「あう…っ」

「力を入れてはいけません」

甘い低音でたしなめると、緊張に竦む内壁を宥めながら、ゆっくりと指が侵入してくる。唾液を奥へと塗り込めるように出し入れされて、くちゅくちゅと恥ずかしい音が零れた。

「んっ、ん……っ」

シーツを握り締め、湧き起こる羞恥と愉悦をやり過ごそうとする。しかし、内部を行き来していた長い指がある箇所を掠めたとたん、びくんっと腰が弾んだ。

「あ、あ…んっ」

このあいだ、ひどく感じてしまった場所だ。続けざまに指先に擦られて、電流のような衝撃が全身を駆け抜ける。

「や……あ、あ……っ」

そこに触れられると、体の奥からねっとりと甘い官能が滲み出し、勝手に腰がうずうずと揺れてしまう。自分の体なのに、まったく抑えが利かない。

「や…やだ、そ…こ…っ」

「では、どうしてこんなはしたない状態になっているのです？」

いつの間にかまた勃ち上がっていた欲望の先端をなぞられ、透明な蜜がとろっと滴った。豊潤に溢れるそれは、シーツまで濡らしている。

「知らな…い」

どうしてこんな恥ずかしい場所をいじられて感じるのか、自分だってわからない。諒一がかぶりを振ると、深津が吐息だけで笑った。

「この、こりこりした場所がお好きだからでしょう？」

「あ、あ……ッ」

狙いすましたように、周囲とは感触が異なる一点を抉られる。ぎゅっと閉じた瞼の裏が白熱し、諒一は限界まで体を仰け反らせて、ぶるぶると震えた。

「や…っ、もう…、だめ…っ」

「そうですね。柔らかくなってきましたから、そろそろいいでしょう」

刺激を奪われまいと収縮する柔襞を逆撫でにしながら、そっと指を引き抜かれる。長く愛され続けたせいで、そこに深津の指の形をした空洞ができたような気がした。

「本当にいいのですね？」

「……うん」

ぎしりとベッドが軋み、深津が伸しかかってくる。覚悟を確かめるように訊ねてから、深津が抱えた両脚の狭間に猛《たけ》った屹立を押し当てた。

熱い。反射的に体が竦んでしまう。ちらりと見えた深津の欲望は恐ろしいほど逞しく、受け入れたことが嘘のように思えた。

「怖がらないで。どんなふうに私を受け入れたか、思い出してください」

あのとき、深津から与えられた蕩けるような、熱い愉悦。思い出しただけで体の芯が甘く痺れ、綻んだ花弁がねだるようにひくひくと蠢いた。

「あ…あ、んっ」

ぐうっと圧迫感が増して、切っ先が蕾の中心に突き立てられる。

狭隘《きょうあい》な粘膜を抉じ開けられ、埋め尽くされていく凄まじい充溢《じゅういつ》感があった。苦痛と快楽が綯《な》い交ぜになり、諒一の脳を眩ませる。

「ああ…っ――」

体ごと揺すり上げるようにして根元まで捩じ込まれた瞬間、頭の中で無数の火花が散った。昂っていた果実が激しく爆ぜ、二度目とは思えないほど豊潤な蜜を噴き上げる。

「あ…ぁ……っ」

また――。悦楽の証は、深津の胸許にまで飛び散っている。いっしょに気持ちよくなってとねだっておきながら、深津を愉しませるどころか、また自分だけ達してしまった。不甲斐なさに、じわりと涙が込み上げてくる。

「ごめ…ん、また僕だけ……」

「困りましたね」

ため息とともに潜めた囁きが落ちて、深津が絶頂の余韻にひくつく窄まりから自身を引き抜いてしまう。

どうしよう、今度こそ呆れられた。恐れに固まっていると、頬をやさしく撫でられた。

「感じやすいのは結構ですが、達くときは、ちゃんとそうおっしゃってください」

「うん……」

甘い声音で咎める深津の瞳には、いっこうに衰えぬ欲望の炎が燃え盛っていた。見つめられるだけで、諒一の身の裡に燻《くすぶ》る官能が共鳴する。

「そういえば、私の秘書を辞めようとなさったお仕置きがまだでしたね」

「お仕置きって……」

悪戯をした子供じゃあるまいし、と思うのに、意味深な目つきに下肢が疼いた。

「私の好きにしていいとおっしゃったはずです」

「言ったけれど……」

言質を取られた諒一は、押し黙るしかない。肩を支えて抱き起こされ、背後から深津に抱えられる。

「深津……？」

背中からすっぽり抱きしめられて、子供に用を足させるときのように抱え上げられる。

「あなたが欲しい」

昏く、甘い声音に耳許で囁かれ、体の中心がぞくりとする。連動して慄いた窄まりに、深津の熱く滾《たぎ》った欲望が押し当てられた。

「あ、……」

ようやく与えられた充溢を奪われ、もの足りなさに喘いでいた花弁が、自ら取り込もうとするかのように吸いつく。抱えられた腰を下に落とされると同時に深津が突き上げてきて、真下から熱い楔が杭《くい》のように打ち込まれる。

「あ、あぁ…っ」

一息に最奥まで串刺《くしざ》しにされ、惑乱したような嬌声が迸る。さきほど放ったばかりの花茎が、びくびくっと震えて、瞬く間に硬く撓った。

「ぁ…っ、ぁ……」

激しすぎる刺激と逞しい容積を受け止めかねて、意識が熱く霞む。深津は諒一が落ち着くまで動きを止め、小刻みに震える肩を撫で、うなじやこめかみにキスを散らした。

「苦しいですか？」

「大丈夫……でも、……なか、が……おまえで、いっぱい……」

繋がった部分からずくずくと鼓動が響いてきて、頭のてっぺんから爪先《つまさき》まで、ぜんぶ深津で埋め尽くされた気がした。

「ああ、諒一さんの中はすごいですね。熱くて、柔らかくて……絡みついてくる」

「や……あっ」

賛嘆の囁きとともに、深津が両膝の下に回した腕で諒一の体を持ち上げた。まとわりつく襞をずるりと擦り立てながら、埋め込まれた雄蕊《ゆうずい》が半ばほどまで抜き出る。

「あちらの窓をごらんなさい」

命じられるままに窓を見遣った諒一は、はっと息を呑んだ。

夜景を湛えた窓が黒い鏡と化して、寝室の様子を映し込んでいた。シンプルなデザインのローチェストと書棚、中央のベッド。そして、その上で睦《むつ》みあう二人の姿も。

「いやあ…っ」

窓に映った諒一は、深津と繋がった部分を見せつけるように、彼の手で大きく両脚を広げられていた。

「や……やだ、やめ…っ」

自らの痴態を目の当たりにし、体中の細胞が羞恥に沸き立つ。顔を逸らそうとすると、細い顎を捉えられて、窓の方向に固定されてしまった。

「どんなふうに私と繋がっているのか、見てください」

「あっ、あっ」

ずくずくと突き上げられて、限界まで広がった蕾に信じられないほど大きなものが出入りするさまを見せつけられる。楔を打ち込まれ、両脚を抱えられていては、逃れようがなかった。

内側から捲れ上がるようにして、ぬめった粘膜が覗いている。色合いはわからないまでも、ひくひくとさもしく蠢きながら、深津を喰い締める様子が鮮明に見て取れた。

屹立の先端から零れた蜜が窄まりに伝い落ち、深津自身までを濡らしている。それが抽挿に合わせて、蜂蜜を掻き混ぜるような、凄まじく淫らな交接音を奏でていた。

「あ、あぁ…っ」

真下から突き上げる動きに合わせて、腰を持ち上げられては、落とされる。一突きごとに、快感の火花が散った。

きゅんと窄まっては、雄芯を打ち込まれて限界まで開花する蕾は、なにかべつの生きもののようだ。

これが自分の体なのだろうか。あまりの淫らさに、頤《おとがい》を押さえつけていた深津の手が消えてからも、窓から目を離せなかった。

羞恥に涙しながら窓を見つめていると、背後の深津と目が合った。獲物に照準を定めた、猛禽《もうきん》類《るい》のようなまなざし。

「あなたは、私のものだ……」

「う、ん……っ」

狂おしい情熱をあらわにした囁きが、耳朶を愛撫する。快感に慄く内奥を深く沈めた楔に攪拌《かくはん》されながら、こくこくと頷いた。

「私以外に、触れさせてはいけません」

「う、ん…っ、しな…い」

頬に手を添えられて背後を振り向くと、怖いほど真剣な貌をした深津に唇を塞がれた。首を捻《ひね》った苦しい姿勢で、くちづけに応える。

「ん……んんっ」

突き上げるのと同じリズムで口腔を掻き混ぜられる。声を出せないせいで、体内にわだかまった悦楽が増幅されていく。

二つの場所で、これ以上ないほど深く繋がりあう。肌の境目さえも溶け出して、体温も鼓動も一つに溶けあってしまいそうだった。

深いキスを交わしたまま、深津が勢いをつけて突き上げてくる。一突きごとが重い。所有の烙《らく》印《いん》を刻もうとするかのような、激しい抽挿だった。

「あぁ…っ」

疼く最奥をずくっと抉られて、ついに我慢できずにくちづけから逃れた。燃え上がる愉悦に、浅ましく濡れた嬌声が零れる。

「あっ…あ、っ」

「――愛しています」

身の裡に荒れ狂う激しい衝動をかろうじて堪えているかのような、切なげな声だった。

窓の中では、形のいい額にうっすらと汗を滲ませ、快感に眉をひそめた深津がいる。欲情に濡れた漆黒の双眸、固く引き結ばれた唇。

深津も、自分の体で感じてくれている。

窓越しに深津の表情を目にし、抗いがたい官能のうねりが突き上げてきた。

「好き……僕も、…っ」

「く…っ」

押し殺した声がして、背中に密着した腹筋が硬直した。最奥深くで深津が弾け、灼熱の奔流が叩きつけられる。

「あ、あ……、また、い…く、いっちゃ…あ、あ……っ」

振り絞るような嬌声とともに、熱い飛沫を注がれる感触に引きずられるようにして、諒一もまた極めていた。

「あ…ぁ……」

深津の放埓に体の中をじわじわと濡らされながら、延々と高みをさ迷う。

ベッドに横たえられ、深津の胸に顔を埋めていることに気づいたのは、しばらく経《た》ってからだった。

額にかかった髪を掻き上げ、深津がこめかみや目許に気遣わしげなキスを落としてくる。

「大丈夫ですか？」

「ん……」

眼鏡を取った深津の素顔を見るのは久しぶりだ。それも、こんなにやさしい表情を向けられる相手は、恋人である自分だけだろうと思うと、ひどく贅沢な気分になる。

「これで僕は、おまえのものになったんだろう？　だったらおまえも、僕のものになってくれる……？」

おずおずと訊ねると、深津は一瞬、虚《きょ》を衝かれたように固まった。愛おしくてたまらないといった表情で、唇を綻ばせる。

「初めてお会いしたときから、私はあなただけのものです――身も、心も」

自明の理だと言わんばかりに告げ、深津が額にくちづけてくる。

「でも……父さんをまだ恨んでいるだろう？」

「もう過去のことですから。それに、旦那さまのいちばん大切な諒一さんを奪ったのですから、恨まれるのは私のほうです」

過去の出来事として、深津の中で感情の整理がついているのだろう。澄んだまなざしには迷いはなく、ただ諒一を愛おしそうに包んでいる。

「旦那さまに、お赦しを得なければなりませんね」

「うん……」

頷いたものの、あの厳格な父が深津との関係を受け入れてくれるとは思えなかった。深津の両親の件に関しては自らの非を認めたとしても、それとこれとはべつだろう。

もしかしたら、一生、父に嘘をつきとおさなければならないのかもしれない。

父を裏切り、周囲を欺いてでも守りたい罪深い恋に落ちてしまった。これからは、愛という罪に繋がれて、深津とともに生きていく。

「大丈夫です。もしお赦しをいただけなくても、諒一さんのそばから離れるつもりはありません」

「僕も、なにがあってもおまえから離れない」

互いの瞳を見交わすだけでは足りず、指と指を絡ませあう。

「私の身も心も、命さえも、あなたのものです」

深津が真摯な表情で、厳かに誓う。

「……僕も」

頬を染めて呟いた囁きは、落ちてきた唇に吸い込まれた。

あとがき

こんにちは、藤森《ふじもり》です。

アルルノベルスさんでは初めましてになります。

今回は下克上をテーマに、お目付け役×御曹司で、昼メロを目指してみました。お目付け役はもちろん眼鏡です。どうしてこんなに眼鏡が好きなんでしょう……。いまだに謎なのですが、これからも眼鏡キャラを書き続けると思います。

そして、作中に登場する妖しげな料亭。時代劇の影響だと思うのですが、襖を開けると紅い布団がバーンと、というシチュエーションが大好物です。これからもまた書いてしまうに違いありません。

実は、イラストを明神翼《みょうじんつばさ》先生にお願いできることになった時点で、眼鏡のお目付け役×御曹司で行こう！　と考えておりました。もちろん、明神先生のイラストで、クールな眼鏡の攻が見たかったからです。そんな萌えとは裏腹に、執筆中は例によって思うようなものが書けず、苦しんだのですが……。少しでも楽しんでいただけるようなものが書けるよう、もっと精進したいと思います。

さて、お世話になった方々にご挨拶を。

明神先生には、素晴らしいイラストをつけていただき、ありがとうございました。二人とも、想像以上に素敵でした。仕上がった本を拝見するのが、いまから楽しみです。お忙しい中、ご迷惑をおかけして申し訳ありませんでした。

担当さまにも、たいへんお世話になり、ありがとうございました。初めてのお仕事だというのに、ご迷惑をおかけして申し訳ありません。

最後に、この本をお手に取ってくださったみなさまには、あとがきまでおつきあいいただき、ありがとうございました。

よろしかったら、ご意見ご感想をお聞かせいただけると嬉しいです。みなさまからのお便り、心よりお待ちしております。

私にとってこの本が、二〇〇九年の一冊目になる予定です。今年も地道にマイペースでやっていきますので、おつきあいいただけると幸いです。

それでは、また次の本でお会いできますことを祈って。

藤森ちひろ

近刊案内

アルルノベルス
2月25日発売予定

主は黒豹《しもべ》を喰らう（仮）

中原一也

俺は一生お前を傍に置く。絶対だ。

ILLUSTRATION
藤井咲耶

真田組次期組長候補の智明はわざと勘当され、気ままに過ごしていた。だが杯を交わした舎弟・飯倉が組を継ぐよう進言してきて…。

砂漠の王は愛に溺れる（仮）

池戸裕子

私が仕掛けた罠に——お前は堕ちたんだ

ILLUSTRATION
砂河深紅

アラブの小国・シルバダンを研究の為訪れた玲は、王族のシュベイルと出会う。彼の聡明さと時折見せる孤独な瞳に玲は惹かれて…!?

魔神の婚姻

神楽日夏

—おまえは今このときより、
我が正妃となる。

ILLUSTRATION
カズアキ

撮影の為、砂の国アルハラードを訪れた写真家の葵。だがそこで待っていたのは、魔神と呼ばれる王弟の、花嫁となる為の淫靡な儀式で—。

恋より微妙な関係

妃川　螢

そんな表情《かお》、誰にでも見せるのか？

ILLUSTRATION
実相寺紫子

敏腕秘書の杉原は、深手を負った男・犬飼と一匹の忠犬を匿う事に。謎の多い男なのに、身体の相性は抜群で—!?　恋シリーズ第五弾♥

千夜一夜に愛が降る（仮）

葉月宮子

絶対的な快感と無情な囁きに、縛られる。

ILLUSTRATION
榎本

七生は親の会社を救う為、熱砂の国の皇太子・ジャリールと偽りの婚礼を遂げる。しかし、救済と共に与えられたのは過ぎる程の快感で!?

定価：**857円**＋税

既刊案内

アルルノベルス
大好評発売中

arles NOVELS

夜の獣たち

水月真兎

——なら、俺の声しか
聞こえないようにしてやるよ。

ILLUSTRATION
小山田あみ

自身に向けられる視線の先にいたのは、若衆に傅かれ危険な雰囲気を纏う八州会会長・八島。彼は未だ過去に囚われる十火を口説いてきて。

英国貴族は花嫁がお好き

香月宮子

今夜、おまえを私の花嫁にする。

ILLUSTRATION
水貴はすの

ＴＶスタッフの真琴は、取材で出会った伯爵のアーサーに「花嫁候補」として英国に連れ去られ……!?　古城に花咲くラブロマンス！

標的は気高き月

神奈木　智

孤独な月に触れる、熱情のカケラ。

ILLUSTRATION
金ひかる

ティアン皇国の麗しき皇子セレネスは異母弟の唯月を連れ帰国する事に。付き添う雷漸を拒めず戸惑うが、世継ぎ問題で引離され…。

定価：**857円**＋税

■応
年齢
■応募
43文
■原稿枚
原則とし
不可)。原
ップで右端
700字以内
※優秀な作品は、
また、その際は当
ませんのでご了承

イラスト

■募集イラスト
ボーイズラブ系のイラ
■応募資格
年齢・性別・プロ・アマ
■応募規定
1表紙用イラスト（カラー）
2本文用イラスト（モノクロ
3本文用イラスト（モノクロ
以上の3枚いずれも人物2人以上
リジナルイラストで、サイズはA
イラストはカラーコピー)。
投稿原稿の返却はいたしませんので
※水準に達している方には新刊ノベルスの

原稿送付

〒111−0053
東京都台東区浅草橋1−13−3
株式会社ワンツーマガジン社「アルル

※郵送のみ受付いたします。直接持ち込みはご遠慮
※採用の方のみ編集部よりご連絡させていただきます

新書判

ノベルス・バックナンバー

■あさひ木葉
執　愛　かんべあきら 画
ひめやかな夜の支配者　史堂　櫂 画
堕ちてゆく貴公子　小路龍流 画
白の淫罪　緒田涼歌 画
独裁者の求愛　海老原由里 画
専制君主の蜜愛　海老原由里 画
虜　囚 ―とりこ―　笹生コーイチ 画
情　人 ―こいびと―　笹生コーイチ 画
愛　縁 ―きずな―　笹生コーイチ 画
契　愛 ―ちぎり―　稲荷家房之介 画

■麻生玲子
可愛い男
大型犬のしつけ方
欲望の在り処

■いおかいつき
誘惑のまな
陵辱に
熱に溺れ
残

■伊郷ルウ
微熱シンドローム
シリアスな白日夢
コールド・レイン

■今泉まさ
駆け引き
華と

■神奈木 智
標的は偽りの華　金ひかる 画
標的は気高き月　金ひかる 画

■杳野朝水
な純愛　かんべあきら 画
に毒のように　佐々木久美子 画
ない束縛　水貴はすの 画
小山宗祐 画
る夜　小山宗祐 画
宝井さき 画
実相寺紫子 画
実相寺紫子 画
丸博子 画
の 画

ゆびさきの誘惑　桜　遼 画
砂漠の王は甘美に乱す　桃山　恵 画
無慈悲な龍の寵愛　藤河るり 画
プライオリティー ―恋愛優先権―　有馬かつみ 画

■高岡ミズミ
秘　恋　緋色れーいち 画
やわらかな熱情　桃山　恵 画

■橘かおる
罪人は蜜に濡れて　しおべり由生 画

■中原一也
野良猫とカサブランカ　実相寺紫子 画

■葉月宮子
乱される白衣の純情　タクミユウ 画
魅せられし夜の薔薇　緒田涼歌 画
ＶＩＰは愛に惑う　ヨネダコウ 画

■菖蒲
角田　緑 画
のキスを　水貴はすの 画
ンドローム　水貴はすの 画
ムーン　水貴はすの 画
水貴はすの 画

新書判　定価900円（税込）　（株）ワンツーマガジン社

原稿大募集

アルルノベルスでは、ボーイズラブ小説作家＆イラストレーターを随時募集しております。優秀な作品は、当社よりノベルスとして発行いたします。

小説部門

■募集作品
ボーイズラブ系のオリジナル作品。
商業誌未発表・未投稿なら同人誌も可。

■応募資格
齢・性別・プロ・アマ問いません。

■枚数
字×17行で210ページ前後。

■数
（テキスト原稿。原稿サイズはB5縦・縦書き仕様（感熱紙は
稿にはすべてノンブル（通しナンバー）を入れ、ダブルクリ
を綴じてください。原稿の始めには、作品のあらすじを
にまとめてつけてください。
当社よりノベルスとして発行いたします。投稿原稿は返却いたし
社規定の印税をお支払いいたします。
ください。

スト。
問いません。
・背景付）
・エッチシーン）
背景を入れて描写してください。
4。コピーをお送りください。
ご了承ください。
イラストを依頼させていただきます。
ノベルスとして発行させていただきます。オ
（カラー
ください。

先
ノベルス・作品募集」係

アルルノベルス
投稿作品応募カード

タイトル	フリガナ
作品のテーマ	
氏　名	フリガナ
ペンネーム	フリガナ
年　齢	歳　男・女
住　所	フリガナ 〒　　ー 都道 府県
TEL	(　　)　ー
FAX	(　　)　ー
職　業	
備　考	(同人誌歴・投稿歴・質問等)

宛先

〒111-0053　東京都台東区浅草橋1-13-3

㈱ワンツーマガジン社　ARLES NOVELS編集部

キリトリ線(コピー可)

ARLES NOVELSをお買い上げいただき
ましてありがとうございます。
この本を読んだご意見、ご感想をお寄せ下さい。

〒111-0053
東京都台東区浅草橋1-13-3
㈱ワンツーマガジン社 ARLES NOVELS 編集部
「藤森ちひろ先生」係 ／「明神 翼先生」係

裏切りの愛罪

2009年2月25日 初版発行

◆著 者◆
藤森ちひろ

◆発行人◆
齋藤 泉

◆発行元◆
株式会社 ワンツーマガジン社
〒111-0053
東京都台東区浅草橋1-13-3

◆Tel◆
03-5825-1212

◆Fax◆
03-5825-1213

◆HP◆
http://www.arlesnovels.com(PC版)
http://www.arlesnovels.com/keitai/(モバイル版)

◆印刷所◆
中央精版印刷株式会社

ISBN978-4-86296-132-7 C0293
Printed in JAPAN